地上の竜と汚辱の白衣

Yoneka Yashiro
矢城米花

CHARADE BUNKO

Illustration

椎名秋乃

CONTENTS

地上の竜と汚辱の白衣 ―――― 7

あとがき ―――― 254

1

「ペンタジンっていう痛み止めだ。あるんだろう。出せよ」

頬《ほお》にあてがわれたナイフの刃よりさらに鋭い口調で、男が言う。冷や汗が背中を伝うのを感じたが、強盗に屈したくはない。籠宮《かごみや》瑛《あきら》は懸命に平静な態度を保って話しかけた。

「馬鹿なことはやめるんだ。このまま帰ってくれれば、警察には届けない」

「黙れ。早くペンタジンを出せ」

男がナイフを瑛の頬から離して、目元へ向けた。瑛がかけている眼鏡《めがね》のレンズを、刃先でつつく。焦点が合わなくなるほどの近さで刃を見せられ、体が震えた。

夜更けの診察室には、黒いブルゾンの侵入者と白衣姿の瑛だけだ。看護師の詰所は二階で、建物の反対側の端にある。普通の声で話していたのでは到底聞こえないだろう。だがうかつに騒げば、男が逆上してナイフを振るうかもしれない。瑛は小声で説得を続けようとした。

――ここはベッド数十八床の小さな外科クリニックだ。しかし入院患者が一人でもいれば、病院は当直の医師を置かなければならない。

医師不足の昨今、免許を取ってまだ一年目の頼りない瑛でも、夜間診療や当直のアルバイトを頼まれることは珍しくなかった。本来の勤務先は大学病院だ。外来診療、手術、病棟業務、手が空《す》いた時には臨床研究で、定時に仕事が終わることなどありえない。しかしなんとか時間をやりくりし、明日に回せる仕事は先送りにして、バイト先へ走る。

今日のアルバイトは先輩医師の紹介で急に入ったものだ。

『籠宮、今日の晩、空いてないか？　山本《やまもと》クリニック、行ける？　夕方の外来と当直。大丈夫、救急車どころか外来患者もほとんど来ないし、当直室に泊まるだけでＯＫ。その分バイト代は安いけど、一年目でも充分務まる』

拝み倒されて、大学病院の仕事を無理矢理終わらせ、午後六時過ぎに駆けつけた。

受付終了時刻は午後七時だが、先輩医師に聞いていた通り外来患者がほとんど来なかったので、自分のノートパソコンや資料のコピーを診察室へ持ち込み、担当患者の手術について勉強していた。一人だけ手のかかる患者が来たが、どうにか無事にすませ、外来が終わったあとは当直室へ引っ込んだ。

しかし夜更けになって、持ってきたはずの資料が足りないことに気がついた瑛は、診察室に置き忘れたのではないかと考えて当直室を出た。コンビニなどへ買い物に行きたくなった時に使うよう看護師にマスターキーを渡されていたので、診察室へも自由に出入りできる。すぐに当直室へ戻るつもりだったため、わざわざ看護師に断ることはないと思った。

だが診察室のドアを開け、明かりをつけた瞬間——瑛は予想もしなかったものを見た。黒いブルゾンにジーンズ、目出し帽姿の男が診察室へ入り込み、薬品用冷蔵庫の前に立っていたのだ。

「誰……」

声をあげる間もなかった。男はすばやく瑛に飛びかかり、中へ引きずり込んでドアを閉め、ラッチを回して鍵《かぎ》を下ろした。

「騒ぐな。殺すぞ」

男がポケットから出したのは折り畳みナイフだ。蛍光灯の明かりを反射して白く光る刃が、瑛を凍りつかせた。

誰もいないはずの診察室が明るいのを外から見られて怪しまれないためだろう。男は蛍光灯を消した。室内の明かりは、床に置いてある懐中電灯だけになった。すくんでいる瑛の胸倉をつかんで壁に押しつけ、男は低い声で言った。

「あの医者だな。ちょうどいい、ペンタジンを出せ」

瑛は不審を覚えた。少し寒かったのでワイシャツの上に白衣を引っかけた格好だから、瑛が医師だということはわかるはずだ。けれど『あの医者』という呼び方は、瑛を知らなければ出てくるまい。

（誰だ？　それに、ペンタジンって……）

瑛が思い出したのは、今日の夕方の外来で手こずった唯一の患者だ。腎臓結石が痛むと言って訪れた、二十歳《はたち》の男がいた。

『飲み薬も座薬も効かねェんだよ。注射だよ、注射』

強く主張するわりに顔色はよく、脂汗をかいたり、苦痛に身を震わせる気配はなかった。

瑛はペンタジン中毒を疑った。

もっとも強い鎮痛効果を持つ薬剤はモルヒネだが、これは麻薬なので気軽に使用することはできない。そのため痛み止めの注射には通常、ペンタジンやソセゴンが使われる。中毒性はないとされているけれども、強い鎮痛作用だけでなく精神面に多幸感、爽快感《そうかい》をもたらすため、注射後の感覚が忘れられず、薬物依存症に陥る人が少なくなかった。

もちろん中毒ではなく、本当に痛みが強くて注射を必要とする患者もいるだろう。だが、襟に光らせた暴力団のバッジ——金でも銀でもなく、安っぽいニッケル製だった——を見せつけるように身を乗り出し、早く注射を打てと迫る男の様子は、自分がヤクザであることを示してこちらを恫喝《どうかつ》しているとしか思えなかった。

男をペンタジン依存症と判断した瑛は、まず座薬を試すよう主張した。押し問答を続けるうちに、気を利かせた年輩の看護師が、『夕方来られた交通事故の患者さんのことで、警察の方が見えています』と診察室へ大声で知らせてきた。

でたらめだったけれども、もし本当に警察官が来ているならこれ以上粘るのはまずいと思ったのだろう。男は『もっとましな病院へ行く』と捨て台詞《ぜりふ》を吐いて出ていった。あれで片がついたと思っていたのだが――。

（いや、違う。あの患者じゃない）

今、自分にナイフを突きつけている男とは、声も違うし体格も違う。中肉中背だった患者に比べ、この男は身長一八〇センチを軽く越えそうだし、肩幅も広い。

だが確かあの男には、友達だという同年輩の男がつき添ってきていたはずだ。診察の間は待合室で待つように頼むとしぶしぶ出ていったが、部屋を出る間際に振り返って瑛を見た目つきが印象に残った。わずかに金色を帯びた茶色の瞳《ひとみ》には、野生動物を思わせる猛々《たけだけ》しい光が宿っていた。すぐに凄《すご》んでみせる患者本人より、こういう男の方が怒らせたら怖いのではないか、そんな気がした。

（そうか、この眼《め》……‼）

間違いない。つき添ってきていた男だ。患者が帰りがけに口走っていた言葉を思い出し、瑛は尋ねた。

「他の病院へ行って、打ってもらったんじゃないのか？」

途端に男の眼が険しくなった。瑛は自分のミスを知った。これでは男の正体に気づいていると白状したのも同じだ。

「ち、違うんだ。別に、君がどこの誰かを知ってるわけじゃなくて……」

「だけどいつ会ったかは思い出したし、連れの住所氏名はわかってる。そういうことか？」

「……」

「あんた、慌てると墓穴を掘るタイプらしいな。まあいいや、こいつが暑苦しくて嫌気がさしてたとこだ」

男は目出し帽を片手でむしり取った。前髪に入れた金色のメッシュと、荒削りな頬から顎《あご》の線が記憶を補強した。やはり夕方の患者につき添ってきた男だ。

男は瑛の瞳を見据えて罵《ののし》った。

「次に行った病院じゃ、医者はもう帰ったと言って、中に入れてさえもらえなかったんだ。医者のくせに、なんで患者の頼みを断った」

「本当に痛みで苦しんでいたのなら、僕だって断りはしなかった。でも彼は警察という言葉を聞いた途端に、立ち上がって出ていこうとしたじゃないか」

診察当初から疑わしい様子が見えたから、自分はペンタジンを使わなかったのだ。

「御託はいい、ペンタジンをよこせ。注射さえ打てばあいつは落ち着く」

「無理だ。渡せない。薬物依存が始まっているなら、なおさらだめだ。専門医のところへ連れていってきちんとした治療を受けさせるべきだ」

説得を続けようとしたものの、脚の震えは抑えられない。首筋や背中をいやな汗が伝い落ちる。突きつけられたナイフはいつどう動くかわからないし、男はいかにも暴力沙汰《ざた》に慣れた雰囲気をまとっていた。

看護師が自分を捜しに来てくれることを願ったが、望み薄なのはわかっていた。

一年目の研修医が当直でも大丈夫ということは、看護師が医師を呼ぶような緊急事態が起こらないという意味だ。夜間の救急外来はほとんどないし、容態が急変しそうな入院患者もいない。そして看護師には、カルテ記入や物品チェック、検査データ整理、包帯巻きなどの仕事がある。忙しい彼女たちが、馴染《なじ》みのないバイト医師を詰所へ呼んで雑談に交えようとか、人気《ひとけ》のない外来診察室を見回りに来ようなどと思うはずはなかった。

男が笑った。片方の口元だけを引き歪《ゆが》めるような、皮肉っぽい笑い方だった。

「青い顔をして……怖いのかよ。だったら素直に薬を出せばいいんだ。口で言われただけじゃわからないのなら、もっと素直に言うことを聞くようにしてやってもいいんだぞ」

「僕はバイトだ。薬品の保管場所を知らないし、鍵も持ってない」

「強情だな。本当に知らないのなら、看護婦に持ってこさせりゃいいだろう」

「初めて当直に来たバイト医師がペンタジンを頼んでも、聞いてもらえるわけがない。怪しまれるだけだ。もしナースが君の姿を見つけたら、大騒ぎして警察を呼ぶに決まっている。こんなやり方で薬を手に入れようというのが無茶なんだ。わかるだろう。……もう諦《あきら》めて帰ってくれ」

はっきり言って、怖い。けれどこんなチンピラヤクザの脅しに屈するのはいやだし、説明した通り、無難にペンタジンを渡すことなど不可能だ。瑛はできる限り冷静な口調を保って、男を説得しようとした。

「ふん……そうかよ」

承諾の返事に聞こえたが、瑛を見下ろす男の瞳は笑っていない。むしろ一層危険な気配がにじみ出し、凶暴な炎となって燃えたぎっている。

「いいだろう。ペンタジンを渡すくらいなら、痛い思いをする方を選ぶってわけだ。いや、気持ちいい思いか」

「え……?」

「なんのことやら、って顔だな。すぐにわからせてやる」

男は瑛を部屋の中央にある診察用ベッドのそばへ引きずっていき、足を払って転がした。

「な、何をす……!!」

「うるさい。怪我《けが》をしたくなきゃ声を出すな。おとなしくしていろ」

診察台に倒れたはずみで、眼鏡がずれた。慌ててかけ直した時、男がガーゼ交換用の器具を乗せたワゴンに近づき、テーピング用の丈夫な絆創膏《ばんそうこう》を手に取るのが見えた。

ベッドから下りて逃げようとしたが、男の動きの方が早かった。

肘《ひじ》をついて上体を起こした瑛にのしかかり、両手首をまとめてつかんで頭上へ引いた。それだけで、起こそうとしていた瑛の上半身が、あっさり倒されてしまう。

「遅いんだよ。だいたい、俺を見つけた時点ですぐ大声を出して、騒ぐべきだった。俺がどこの誰かばれた以上は口封じが必要だしな。……メタボやハゲのオヤジじゃ無理だけど、その見た目ならこっちも気が乗る」

両手首を縛られてベッドの脚につながれ、口には絆創膏を貼《は》りつけて塞《ふさ》がれた。足は拘束されていないが、すぐ横に腰を下ろした男の持つナイフがどう動くかと思うと、うかつに暴れることはできない。じっとしている他なかった。

男が片頰を歪めて笑う。

「いい眺めだな。こうやって縛り上げると、普通に犯《や》るより興奮する」

「う、う……?」

「まだわかってないのかよ。きょとんとした顔して。ふん、化粧してスカートをはけば充分女に見えそうな顔だし、一人や二人はくわえ込んだことがあるんじゃないのか?」

言いながら男が瑛の白衣のボタンを外した。ネクタイを引き抜きワイシャツに手をかけたものの、一つ一つ外すのが面倒くさくなったのか、力任せに左右へ引く。ボタンがちぎれ飛んで、胸肌がむき出しになった。

「う……ぅうう ーっ!」

ここまでされれば、さすがに見当がつく。やめろ、と叫んで瑛は身をよじったが、どうにもならなかった。男の方が自分より体格がいいし、荒っぽいことに慣れているようだ。男は手を伸ばし、瑛の鎖骨の窪《くぼ》み、やや内側寄りを強く押さえた。

「ふ、うっ……‼」

ただそれだけのことで、体の内部へいやな痛みが走る。瑛は息を詰まらせた。

「効くだろ。……わかったらおとなしくしてろ。さぁて、『解剖』をしようか。医者がやるヤツじゃないぞ。小中学校の教室で、先生がいない間にやるアレだ。医者が解剖されるってのも、面白い図柄だよな」

せせら笑って、男は瑛のズボンに手をかけ、下着ごと一気に膝《ひざ》まで引き下ろした。

「……っ！」

むき出しになった素肌に、冷えた夜の空気が触れた。瑛の体が震えた。それでいて顔や首筋は羞恥《しゅうち》に熱くほてり、汗がにじみ出す。

「あーあ。縮んじゃって」

面白がる口調で言ったあと、男は瑛の下肢から衣服を完全に抜き取ってしまった。

ワイシャツと白衣を着たままなのが、余計に瑛の恥ずかしさを煽《あお》る。下肢を閉じ合わせたところで、性器を隠すことはできない。両手をベッドの脚につながれているため、うつぶせにもなれないし、腰をひねっても男の視線から逃れられないのはわかっている。結局仰向《あおむ》けのまま、脚を閉じ合わせただけの姿勢でいる他はなかった。

男が次に何をするかが不安で目を閉じることができないし、かといって視線を合わせる気にもなれない。横を向いて顔をそむけていると、含み笑いが聞こえた。

「エリートのお医者様が、ナイフ一つでこのざまか。そんなに怖いのか?」

ひやりと冷たい金属の感触が腿《もも》に触れた。視線を下半身へ向けると、男の手にしたナイフの刃先が、瑛の腿の間へ差し込まれている。

優越感に満ちた笑いを浮かべ、男はナイフをわずかに押し込んだ。

痛みそのものよりも皮膚が切れるという恐怖に怯《おび》え、瑛は閉じていた脚を開いた。けれども男は怯える瑛の顔を眺めながら、ナイフを傾けて再び内腿の皮膚に触れさせてきた。刃から逃げたければ、さらに広く脚を開くしかない。刃で撫《な》でたり尖った先端でつついたりとナイフに誘導されるうち、瑛の両下肢は九十度以上も広げさせられた。診察台の幅が足りず、両方の膝から下を床へと垂らした無様な格好だ。

男が瑛の顔から下半身へ視線を移し、わざわざ覗《のぞ》き込んで嘲笑《あざわら》う。

「へーぇ。なんにも言ってないのに、自分から股《また》を開くわけだ。結構淫乱《いんらん》だな、先生」

「う……」

悔しかった。こんなチンピラに脅されるまま、恥ずかしい姿を晒《さら》した自分が情けなくて、涙がにじむ。男が瑛の口に貼りつけていた絆創膏を剝《は》がした。

「最後のチャンスだ。ペンタジンはどこにある? よこせ」

声をあげて助けを求めることはできなかった。この姿を人に見られたら、誇張された噂《うわさ》が駆けめぐるのは間違いない。それがわかっていて男は衣服を脱がせたのだろう。瑛に言うことを聞かせるには、実に効果的な方法だった。ただ問題は、瑛が今日だけのアルバイトで、ペンタジンを自由に出せる立場にないということだ。

かすれた声で瑛は答えた。

「知らない。言っただろう、僕は臨時のバイトで、どこに置いてあるか知らないって」

「ただの脅しでこんな格好をさせたわけじゃないんだぞ。……本当に渡す気はないのか?」

「気持ちの問題じゃない。無理なんだ」

「それが返事ってわけか。いいだろう。ただですむとは思ってないよな?」

男の眼に、猛々しく熱っぽい光が走る。

両脚を抱え、男はその間に自分の体を割り込ませた。生命力の塊のような灼熱《しゃくねつ》が、後孔近くの薄く柔らかい素肌に触れた。瑛は身をよじってもがいた。

「や、やめろっ。馬鹿な真似《まね》は……!!」

「馬鹿はあんただ。何度もチャンスをやったのに強情を張るからだろ。……あんたのびびった顔を見て、こっちはもう勃《た》っちまってるんだ。やめられやしねェよ」

嘲笑う言葉が終わるのと同時に、男が瑛の腿をとらえた手に力を込め、腰を沈めてきた。

「う……ぐぅううっ!!」

瑛の体が、電流を通されたようにそりかえった。呼吸が止まる。

声をあげれば人が来る。こんな格好を見られたくない。その意識だけが瑛の頭にこびりついていた。首を傾けて、乱れた白衣の襟元を噛《か》み、声を耐えた。

緊張と恐怖で硬く収縮している後孔をこじ開け、牡《おす》が侵入してくる。粘膜が引きつる。痛いなどという言葉ですまされる感覚ではなかった。

「……きついな。くそ、これじゃだめだ」

男が舌打ちをして腰を引く。後孔を蹂躙《じゅうりん》していた牡が抜けていったのを知って、瑛は肺に溜まった息を吐いた。涙がにじんだ。

だがこれで、終わりにしてもらえたわけではなかった。

診察台から下りた男が近づいたのは、診察用のワゴンだ。傷に塗る抗生物質入りの軟膏《なんこう》を手に取って、再び瑛の脚をつかむ。奥を覗き込んで、笑った。

「おいおい、血が出てるんじゃないか？　まるで処女だな。しかし、こう暗くちゃだめだ」

「……何をする、見るな！」

瑛が悲鳴をあげたのは、男が床の懐中電灯を拾い上げて、脚の間を照らしたからだった。

男がせせら笑う。

「見えなきゃ薬が塗れないだろう。ゲンタシン軟膏ってのは確か傷薬だよな？　以前処方されたことがある。強盗に手当てをしてもらえる被害者なんて、めったにいないぞ。……へえ、きついと思ったら、あんた本当に処女か？　綺麗《きれい》なピンク色してるじゃないか」

「いやだ……見る、な……」

瑛が呻《うめ》くのには構わず、男はチューブの中身を指に絞り出し、後孔へ塗り込んだ。表面だけでなく、括約筋《かつやくきん》をこじ開けて内部にまで指を入れてくる。

瑛の絶望感が一層深まった。他人の体の一部を自分の体内へ受け入れる——女ならばともかく、ほとんどの男は想像さえしないだろう。瑛もそうだった。こんな事態が自分の身に起こるなどとは、考えたこともなかった。けれども今、自分は見知らぬ強盗の指に後孔を犯されている。他人の視線に晒してはならない、自分でも見たことがないような恥ずかしい場所を覗き込まれ、いたぶられている。

やがて男がもう一度瑛の両脚をつかんだ。熱い昂《たかぶ》りが、軟膏を塗り込まれてぬらつく後孔に触れる。瑛の体が引きつった。

「う、ううっ！」

「力を抜け。締めつけがきついのはいいが、入らなきゃ意味がないだろ」

「ぁ……は……ぅっ……」

すぼまりの中心へ、強引にねじ込まれる。

もはや男はペンタジンをよこせと言わない。瑛が従わないと見極めをつけ、それならいっそ最大級の辱めを与えようと思ったのか、あるいは嗜虐的《しぎやくてき》な欲情に突き動かされて、本来の目的などどうでもよくなったのか。さらに深く瑛の中へ押し入ってきた。

「……ふぅっ。全部入ったぜ、先生」

「う……」

「黙ってないで何か言えよ。強盗にぶち込まれるのはどんな気分だ？　処女だったんだろう、それとも実はとっくに経験ずみか？　女みたいな顔をしてるしな」

嘲弄《ちょうろう》されても言い返すことはできなかった。苦痛のあまり声が出ない。下半身をさいなむ圧迫感と違和感が強すぎて、肩で息をし、ただ喘《あえ》ぐのが精一杯だ。のしかかっている男の顔がぼやけるのは、眼鏡の位置が少しずれたせいだろうか。そう思いたい。暴力に屈して自分が泣いているとは、認めたくない。

けれども男は、偽りの矜持《きょうじ》を保つことさえ許してくれなかった。

「めそめそしやがって……本物の女か、あんた。今更泣くぐらいなら、最初におとなしく薬を渡せばよかったんだ」

侮蔑《ぶべつ》の言葉を投げて、男は腰を揺さぶり上げ始めた。今まで、苛立《いらだ》つ気配は覗かせても基本的に落ち着いていた男の呼吸が、激しく荒い息遣いに変わり始める。

「どうだ、気持ちいいか？　もっと自分から腰を使ってサービスしろよ、ほら！　それでも医者か、体のことはなんでも知ってるんじゃないのか⁉」

「うっ、ぅ……ふ……くっ……ん、ぅう！」

突き上げられるたび、瑛の顎ががくがくと揺れた。

白衣の襟を噛んで声を出すまいと耐えるのが精一杯だ。強く握った手の爪《つめ》が、自分の掌《てのひら》に食い込む。涙がとめどなく頬を伝い落ちるのが、はっきりわかった。軟膏が潤滑剤にはなったけれど、傷ついた粘膜を乱暴にこすられる痛みは少しもやわらがない。

暗い天井を見つめ、瑛は心の中で答えのない問いを繰り返し続けた。

(どうして、だ……? なぜ、こんな……)

痛い。苦しい。気持ちが悪い。怖い。悔しい——いくつもの負の感情が、瑛の中で渦を巻く。凶暴な牡に引き裂かれた下半身は、熱を帯びてずきずきと疼《うず》いた。快感などどこにもない。苦痛と屈辱だけの行為だった。

どのくらいの時間がたったのか、

「……う……!!」

男が呻いて、自分自身を荒々しく引き抜いた。

腿に熱い液体がかかったのを、瑛は知った。脚を押さえていた手を離されても、すぐには動けない。恐怖と苦痛に全身の筋肉がこわばっていた。

「いい格好だな、先生。記念写真でも撮っておくか?」

体を離した男が、下着とズボンを上げつつ嘲笑《わら》った時だ。外の廊下を、スリッパの足音が近づいてくるのが聞こえた。

男が顔に緊張を走らせ、掌で瑛の口を塞いだ。そのまま気配を殺す。瑛としてもこんな姿

を人に見られたくはなかった。廊下と診察室を隔てる壁に窓はない。明かりは床に置いた懐中電灯だけだし、物音をたてず静かにしていれば気づかれないだろう。

足音は入院患者らしかった。診察室の前を通りすぎたあと、すぐ隣の待合室から、自動販売機にコインを落とす音のあとに缶飲料の出てくる響きが聞こえた。

来た時と同じく、スリッパの足音はゆっくり廊下を立ち去っていった。

見つかりはしなかったが、これ以上の長居は危険と判断したらしい。男は瑛の手を拘束していたテープを剝がした。

「警察に言いたきゃ言え。何があったかばれたら、大恥をかくのはあんただ」

言い捨てて懐中電灯を拾い上げ、男は窓から出ていった。

一人になって、瑛はのろのろと身を起こした。盗まれた物はない。男の靴跡を拭《ふ》き消し、位置がずれたワゴン、出しっぱなしの絆創膏、軟膏のチューブなどを片づければ、ここで起こったことの痕跡《こんせき》は消える。自分がレイプされたことは誰にも知られずにすむだろう。

ワゴンの下段からボックスティッシュを取って、下半身に付着した白濁を拭《ぬぐ》い取った。

身繕いをし、ティッシュを空のゴミ入れに入れようとして、瑛は思いとどまった。片づけたはずのゴミ入れに増えたティッシュから、異変に気づかれないとも限らない。ポリ袋に入れて持ち帰り、始末するべきだと判断した。

「……」

一度は止まった涙が、またあふれ出してきた。自分を犯した強盗の精液がついたティッシユペーパーなど、本当を言えば触りたくもなかった。それなのに大事に持ち帰らねばならないのかと思うと、惨めでたまらない。

(忘れよう。忘れるんだ)

この病院のバイトは臨時に回ってきただけだ。普段はこの地域に来ることはない。生活圏が違うのなら、あの男と顔を合わせる機会はほとんどないはずだし、男は瑛の名や連絡先を訊《き》いてはこなかった。今後自分に接触してくるつもりはないからだろう。要求をはねつけた自分の態度にカッとなって暴挙に及んだようだが、男にも強盗傷害という弱みがある。

(忘れよう。何もなかった。……ここでは何も起こらなかったんだ)

暗い診察室で一人後片づけをしながら、瑛は懸命に自分自身に言い聞かせた。

2

猛々しい光を帯びた眼が、自分を見下ろしている。日本人の標準的な瞳の色よりやや明るい、金色がかった眼だ。嘲笑と欲望をたたえて、熱くたぎっている。

『気持ちいいか？　もっと腰を使ってサービスしろよ、ほら！　それでも医者か、体のことはなんでも知ってるんじゃないのか⁉』

（いやだ、いやだ！　やめてくれ、もう許してくれ‼）

どんなに懇願しても無駄だった。嘲《あざけ》る声、貶《おとし》める言葉、下半身を貫く凄《すさ》まじい痛み。すべてが自分をさいなむ。やがて痛みは熱に変わり、中にぶちまけられ——。

「……うぁあああっ！」

悲鳴をあげると同時に、瑛は悪夢から覚めた。見開いた眼に、アイボリーの壁紙を貼った天井が映った。夢だとわかっても、恐怖に体がこわばって動かない。

ゆっくりと深呼吸を繰り返した。

（夢だ……ただの夢だ）

いや、むしろでたらめだ。自分は懇願する代わりに白衣の襟を噛んで声を殺していたし、強盗は中に射精はしなかった。事実と異なる夢を見るのはよくあることだ。

(ただの夢だ。本当のことじゃない……全部、夢だ)

すべてはただの夢にすぎず、忘れてしまえばすむこと——瑛はそう自分に言い聞かせた。詭弁《きべん》なのはわかっていたが、そんなふうに思わなければ耐えられない。

目覚まし時計を見ると、五時五十分だった。アラームが鳴るまでにはあと三十分以上あるが、ベッドに身を横たえていてもあの夢のあとでは、きっとうまく眠れないだろう。いっそ起きることにした。寝汗をかいたし、シャワーを浴びて朝食を摂《と》れば、三十分ぐらいすぐ過ぎてしまうはずだ。

(珍しく自分の家のベッドで寝たのに、よりによってあの夢を見るなんて……)

熱いシャワーを浴びながら瑛は溜息《ためいき》をついた。

考えてみれば、自宅で寝る時の方が悪夢にうなされる率が高いようだ。病院の当直に当たっている時や、患者の容態が悪くて自発的に病院へ泊まり込む夜は、仕事に気が向いて、いつ叩《たた》き起こされるかと身構えているせいか、眠っても夢を見ないことが多い。

バスルームから出たあと、朝食の材料を探して冷蔵庫を開け、瑛は肩を落とした。

入っているのはミネラルウォーターと缶ビール、いつ封を切ったかも覚えていないチーズに、酸化して黄色くなったマヨネーズくらいだ。昨日の帰りがけに食料を買うのを、すっかり忘れていた。行きがけにコンビニで何か買って、病院で朝食を摂るしかなさそうだ。

（こんなことなら病院へ泊まってもよかったかな）

週四日以上の泊まり込みは珍しくない。疲れが溜まっているのはわかっている。だが勤務医は誰でもこんな綱渡りのような生活を続けているものだ。

二年前、瑛が別の病院に勤めていた時の先輩は、

『過労死と、ストレスからの自殺と、仲間の負担を増やすのを承知での辞表と、どれを選ぶ？　悪いけど俺は逃げるよ』

と言い残して開業に踏みきった。開業なら仕事のペースを自分で決められるというのが理由だった。送別会のあと三次会までつき合わされた帰り道で、タクシーを待つ間に言われたことが、記憶に残っている。

『籠宮。お前も適当なところで、考えた方がいいぞ』

『僕は開業に向いた性格じゃありませんから』

『そうか？　話しぶりが丁寧でいいと思うけどな。適当に逃げ道を見つけろよな。お前の性格だと、ストレスを誰にも相談せず内に溜め込んで自殺に走りそうで、心配だ』

『……まさか』

『さっさと彼女を作れよ、お前。真面目《まじめ》すぎるんだよ。なんでもぶちまけて甘えたり、感情をぶつけられる相手がいないと、きっとひずみが出てくるぞ』

親切なのにべたつかず、さらっとした気遣い方をしてくれるいい先輩だった。それでも瑛はいつも一歩距離を置いたつき合い方をしていた。隠しごとをしているという負い目のせいだった。

（人に話せるわけないじゃないか……男なのにレイプされたなんて）

心のどこかで、過労死しても構わないと思っていた。この七年間、厭《いと》わしい記憶の重さにつぶれそうになった時は、仕事に熱中することでどうにか乗りきってきた。

逃避でしかないのは百も承知だが、他に方法を思いつかなかった。

瑛が今勤めているのは、首都圏のベッドタウンにある総合病院だ。

医師不足の波はここにも押し寄せており、産婦人科は常勤医がいなくなって閉めざるを得なかったし、精神神経科も週二回の外来診察だけになっていた。

外科は比較的充実しており、瑛も含めて十一人の外科医がいるが、閉鎖した科のベッドを取り込んで入院患者を受け入れているので、仕事量は少なくならない。

この日の午前中、瑛は他三人の医師とともに、外来診察に当たっていた。

総合病院に来なくても、自宅の救急箱で充分じゃないかと思われるような擦り剝《む》き傷から、静脈瘤《じょうみゃくりゅう》や気胸、鼠径《そけい》ヘルニア、手術目的で開業医から紹介されてきた胃癌《いがん》まで、さまざまな患者が訪れる。四人で診察していても、いっこうに終わりは近づいてこない。

何人目の患者だっただろうか。

「……痛くて、痛くて。一応翌朝にはおさまったんですが、そのあと背中の、このへんがしょっちゅう痛むんです」

年のせいで自分の背中には届かないのだろうか、老齢の外来患者は瑛の背に手を伸ばして位置を示そうとした。

だが瑛は体をひねって、その手をよけた。老人が当惑顔になる。瑛はすばやく立ち上がり、丸椅子《まるいす》にかけている患者の後ろに回って、それらしい場所に手を置いた。

「このあたりですか、それとももう少し下？」

「えっと……もう少し内側です。そこ、そのあたりですけども……」

「わかりました。上を脱いで、診察台へどうぞ」

そう声をかけて瑛は椅子に戻り、電子カルテに疼痛《とうつう》の位置や発症時期などを記入した。

どうしても他人の手が怖い。

自分から触れることはできるので、診察業務に支障はない。けれどもさっきのように人から触られるのがだめだ。不意打ちは特に困る。

忌まわしい記憶を消そう、忘れようと試みた。だが七年たった今も、誰かに触られることと、あの時、男の圧倒的な力に屈服し、なすすべもなく犯された記憶がフラッシュバックして、全身がこわばる。我慢し続けていると限界が来て、吐きそうになる。相手が老人でも子供でも女性でも関係はないし、肩を叩かれたり、手を握られるなどの何気ない動作でさえ、耐えがたい。

　まだとまどっている様子の老人に、診察についている看護師が笑顔で声をかけた。

「はーい、西《にし》さん。シャツを脱いでズボンのベルトをゆるめたら、ベッドに上がってくださいねー。お荷物はこちらの籠へどうぞ」

　老人が診察が終わって出ていったあと、瑛は看護師に謝意を示して軽く頭を下げた。

「ありがとうございます。フォローしてもらって……」

「いいんですよぉ。しょうがないですって、誰だって苦手なことはあるし」

　看護師は明るく笑った。

　病院スタッフには、自分が他人に触れられるのが苦手だと説明ずみだ。

　もちろん本当の理由は言えない。『研修医の時に外来患者に殴られて以来、対人恐怖になった』と説明している。『長時間待たされた』、『期待した治療効果が得られなかった』などの理由で暴力を振るう患者は案外に多く、どこの病院へ異動しても、この理由説明はスムースに受け入れられた。

　だからといって温かく見守ってくれる人ばかりとは限らず、過去に勤務した病院では『医者なのに心が弱い』、『情けない』などと言われたことも多かった。

「克服しなければいけないとは思うんですが……」

「えー、別にいいんじゃないですかぁ？　仕事ができないなら問題ありだけど、篭宮先生は患者さんに触られるのがだめなだけで、説明とかチョー優しくて詳しいし。すべてが丁寧って感じ？　ナースのフォローにいちいちお礼を言う先生なんて、他にはいませんよぉ。特に外科はだめ。がさつな先生ばっかで……あ、これは他の先生には内緒」

若いのに腹の据わっている看護師は、ためらいがちな言葉をけらけらと笑い飛ばした。それでも瑛としては、逆に引け目を覚えずにはいられない。

もともと学生の頃から、友達と楽しく騒ぐとか場を盛り上げるといったことは苦手だった。飲み会に行っても自分から歌ったり前後不覚に酔っぱらったりすることはなく、堅い、醒《さ》めているとよく言われた。こういう性格は、体育会系の人間が多い外科では浮く。

(説明の仕方が丁寧だと言ってくれるけど、本当は患者さんと話すのは苦手だし……いや、どんな相手でも苦手なんだ)

説明は対話ではない。知識の供与にすぎない。

会話は苦手だった。隠しごとをしているという引け目があるために、誰に対しても心の中で垣根を築いてしまう。それを少しでも補い、人に不快感を抱かせないためか、無意識のうちに態度も口調も丁寧になる。

医師という仕事が技術職でよかったと思う。技術がしっかりしていれば、対話が下手でも、なんとかやっていける。もちろん人間相手の仕事だから、会話を重ねて患者に自分を信頼してもらう方がいいのはわかっているが、どうしてもできない。

次の患者を呼んでもらう間に、瑛は壁の時計に目を走らせた。このペースなら、外来診察が遅くなって午後の検査がずれ込むことはなさそうだ。

(外来のあとは、内視鏡と造影……五時からカンファレンスか)

毎週月曜夕方には、外科医が集まって入院患者の手術内容を討論したり、治療計画を相談したりする会議がある。形式的に片づく時もあれば、患者の治療法をめぐって大激論になることもあった。

この日のカンファレンスでは最初に、病棟医長の岡村《おかむら》医師がこのあと一週間の入院予定を説明して、それぞれに主治医を割り振っていった。

「……えーと、次は佐上竜樹《さがみたつき》、二十七歳男性。LK《エルケー》疑いだ。救急からの転科。主治医は……籠宮先生に受け持ってもらおうかな」

「はい」

瑛は了解の意を込めて頷《うなず》いた。この週末に受け持ち患者が一人退院したから、次の新患のうち一人か二人は自分の担当になるだろうと思っていた。LKという略語は、患者が肺癌であることを示している。

「救急へは、喀血《かっけつ》か何かでの受診ですか?」

「いや、右側胸部外傷。その時撮った胸部レ線で、肺に陰影が見つかった。傷自体は筋層止まりで大したことはない。えーと、錦竜興業《きんりゅう》の……昔の錦竜組ね。直系若衆で銀バッジだって。会社組織でいうと、課長クラスに当たるのかな。本人は路上で転んで、たまたま落ちていたガラスの破片が胸に刺さったと主張しているそうだけれど、救急は刃物の刺し傷じゃないかって」

つまり暴力団員で、刺されて怪我をしたということだ。カンファレンスルームの皆が顔をしかめた。岡村がボールペンの尻《しり》でこめかみを掻《か》き、補足する。

「本人は病院に来たくなかったのを、通りすがりの人が警察に通報してパトカーが来たもんだから、仕方なく救急受診したらしい。だけど警察が来た時には犯人は消えてたそうだし、本人が転んだと言ってる以上、どうしようもないしね。傷は綺麗に治って抜糸待ちだって」

瑛の二年先輩に当たる辻《つじ》が案じ顔で口を挟んだ。

「大丈夫ですか？　籠宮先生は、ほら……。そうでなくてもヤクザには荒っぽい奴が多いし。それにナイフで刺されたんでしょう。院内で抗争事件になったら大変ですよ」

精神面では対人恐怖症を抱え、特に運動経験があるわけでもなく、体格も普通というよりやや細身の瑛が、ヤクザを相手にして大丈夫かどうか心配しているらしい。

中学では柔道部、高校では野球部の主将をしていたという辻は、瑛が去年異動してきた時から何かと世話を焼いてくれた。神経質で人と馴染みにくい瑛のことを、子分のように思っているのかもしれない。

岡村が肩をすくめた。

「だからって病院が患者を放り出すわけにはいかんでしょ。患者が暴れてスタッフに暴力を振るったとかならともかく、本人が転院を希望してるわけでもないし。確かに籠宮先生は対人恐怖症だけどね……心配なら、辻先生が受け持つ？」

「え……まあ、いいですよ」

ためらいながらも頷く辻を瑛は制した。

「大丈夫です、辻先生。予定通り、僕が持ちます」

実をいえば瑛自身もいやな気持ちはしている。ヤクザは嫌いだ。七年前の厭わしい記憶は、チンピラから一方的に受けた暴力によるものだった。

だが患者を職業で選ぶわけにはいかないし、あまり辻から早手回しに心配されると頼りないと思われているようで、それもまた嬉《うれ》しくない。医師になって八年目、次の誕生日が来れば三十二だ。気の早い同期の医師は、開業の準備を進めている。自分の性格は開業に向かないが、勤務医であっても一人前の外科医として扱われるべき頃合いだった。

「じゃ、籠宮先生がＬＫの主治医ね。それから次は胆石症の七十歳、女性……」

カンファレンスが終わって、瑛は小会議室を出た。研修医の近藤《こんどう》が瑛の横を抜け、大慌てで走っていく。途中で携帯電話が鳴っていたから、病棟かどこかに呼ばれたのだろう。

追い越されたはずみに肩が当たった。痛いというほどの感触ではなく、本当に軽く触れただけだ。それなのに瑛の背筋に悪寒が走った。立ち止まって息を整えずにはいられない。

(情けない……)

瑛は唇を嚙んだ。これでは辻に心配されるのが当たり前だ。

そう思った時、後ろから肩を叩かれた。体が大きく震える。振り向くと、当の辻が慌てた様子で手を引っ込めたところだった。

「おっと、すまん。先生の体質はわかってるんだけどな、つい……」

「いえ。僕こそ。すみません」

他意のない親愛の仕草だとわかっている。体育会系のうえ陽気な性格の辻は、動作で感情を表現することが多いのだ。瑛は軽く頭を下げた。

「さっきのLK。結局先生の担当になったけど、何かあったら言ってくれ。俺は一度その患者に会っているからな」

「外来に来たんですか？」

「いや。救急の野川《のがわ》が俺の同期だろう。レ線を見てくれって頼まれたんだ。LKの影だと思うけど、外科の目で見たらどうなのかって」

「ああ、それで……救急では病名を言ったんでしょうか、それとも『疑いがあるから念のために検査を』という程度の話し方でしょうか」

早期癌で、治る可能性が非常に高い場合はいいが、早々に癌と告知してしまうと患者の精神面が不安定になり、闘病意欲を失って治療に支障をきたす場合がある。

「告知ずみだ。一応『疑い』つきの病名だけど。パッと見た感じは健康体だし、本人には全然自覚症状がなくてな。入院のきっかけになった傷自体は軽くて、外科に転科する話をしてもなかなか納得しなかった」

「それじゃ言うより仕方ないですね」

「そうなんだ。身内に説得してもらおうにも家族はいないって言うし、曖昧《あいまい》なことを言ってると鋭く突っ込んでくる。告知するより仕方がなかった。やっぱヤクザだよな、目つきは悪いしガタイはいいし、まだ若いんだけど詰め寄ってこられるとそれなりに迫力が……ああ、もちろん、脅されてハイハイと言うことを聞いたりはしないさ。こっちだって鍛えてるんだ、素手の喧嘩《けんか》なら負けやしない」

「病院で取っ組み合いをするつもりですか」

妙なところでムキになるのを見て、瑛は苦笑した。辻が照れたように頬を掻く。

「とにかく、何か厄介なことがあったらすぐ相談してくれ。ヤクザなんてこっちが弱腰になったらすぐ食いついてくるから、強気で行かないと。一度でも俺が会って話をしてるんだし、いざとなったら岡村先生に言って、主治医を変えてもらうって手もある」

「ありがとうございます。何かあった時はよろしくお願いします」

よく言えば世話好き、悪く言えばお節介な辻の気質には時々暑苦しさを感じるけれど、根が親切なのは確かだ。謝意を示して瑛は軽く頭を下げた。


佐上竜樹という患者が救急から転科してきたのは、その翌日だった。

転科前に血液検査による腫瘍《しゅよう》マーカーのチェックと喀痰《かくたん》細胞診が終わって、検査結果待ちだったが、昨日、いずれも陽性だったという連絡が届いた。これで病名から『疑い』の文字が消え、肺癌確定となった。次は癌の原発巣が、肺または気管支のどこにあるのか、癌の種類はなんなのか、転移の有無などを調べていくことになる。

（救急部では単純CTを撮っただけだ。まずは造影CTと、気管支鏡と……MRIを撮る前にはよく説明して、承諾書をもらっておかないと）

肺にできた癌細胞は血流に乗って運ばれ、転移しやすい。それを調べる時に効果を発揮するのがMRIだ。音がやかましいという欠点はあるものの、患者はじっと寝ているだけでよく、得られる情報量も多い優れた検査だが、非常に強い磁気を発するため、心臓ペースメーカーなど金属が体内に入っている患者には使えないという欠点があった。

佐上竜樹は、背中に大きな竜の刺青《いれずみ》をしているらしい。ヘンナなどの植物染料ならいいが、金属性の染料を使っている場合、MRI撮影をすると熱を帯びて火傷《やけど》をしたり、変色することがある。だが脳や骨へ転移している場合の危険と、刺青の変色や火傷の可能性を秤《はかり》にかければ、転移の方がはるかに重大だ。ぜひＭＲＩを撮りたい。そのためには事前によく説明して、自筆サインと押印入りの承諾書を貰《もら》う必要があった。『刺青が変色した。そんな説明は聞いてない』と、あとで言いがかりをつけられてはかなわない。

（感染症マイナスだから、プロの仕事だったんだろうけど……）

いい加減な彫物師にかかると、針を消毒しないまま刺青をすることも多いらしい。その結果、客は刺青と一緒に肝炎や梅毒などの感染症を背負い込むことになる。幸い佐上竜樹の検査結果はすべてマイナスだった。

救急部で撮ったレントゲンを入れた紙袋や、肺癌の検査や治療に関する説明用パンフレットを手に、瑛は病棟の一番端へと足を運んだ。

すでに午後七時を過ぎている。理想としては患者が入院手続きを終えた午前の終わりか、午後の早いうちに挨拶《あいさつ》をして病歴を聞き、今後の方針について話したいところだったが、外来と手術に当たっていたため、少し遅くなった。患者の希望で、大部屋ではなく特別個室に入っている。閉じたドアをノックし、瑛は声をかけた。

「佐上さん。主治医の籠宮と言います。今、構いませんか」

「どうぞ」

瑛はドアを開け、部屋の中へ踏み込んだ。奥のベッドに、病院お仕着せのパジャマを着た男が座っていた。

「今回担当医になった籠宮です。明日からの検査予定と治療計画について、お話を……」

軽く会釈して挨拶をし、瑛は患者の顔に視線を当てた。その瞬間、

「……っ!!」

全身の血が一瞬にして足下へ落下するのがわかった。

忘れたことのない、そして思い出したくもない顔が、目の前にいる入院患者の面貌《めんぼう》に重なる。七年前の記憶が甦《よみがえ》ってくる。

荒削りな頬のラインにも、濃い眉にも覚えがある。特に、光の当たり加減によって金色に見える、明るい茶色の瞳——会う者すべてを敵か味方の二色に分類して曖昧さを許さないような、野生の獣を思わせる瞳は、忘れられない。思い出したくなくて忘れた振りをしていても、悪夢の中に現れる。

あの時は前髪だけにメッシュを入れていたが、今は髪全体を金色に染めている。左のこめかみから頬にかけて走る、刃物でつけたような傷痕《きずあと》は、七年前にはなかったはずだ。

けれど間違いない。ペンタジンを盗みに病院へ忍び込み、自分を犯した男だ。

佐上竜樹が片頬を引き歪めて笑った。

「こいつは驚いた。籠宮先生か……そういえばあの時は名前も訊かなかったな」

自分が思い出したのと同様、竜樹も忘れてはいなかったらしい。瞳に獲物を見つけた肉食

獣の光が走り、ヤクザの素顔がむき出しになった。頭のてっぺんから足の爪先《つまさき》まで眺め下ろされ、瑛は口も利けずに立ちすくんだ。甦ってきた厭わしい記憶がふくれ上がって、心を押しつぶしてしまいそうだった。

あと五秒もこの状態が続いたら、瑛は身をひるがえして病室から逃げ出していたかもしれない。しかしその時、「失礼しまっす」とドアの外から声がかかった。

「遅れてすいません、兄貴。病院の自販機はマイルドセブン系ばっかりで……」

入ってきたのは、にきびだらけの若い男だ。病院は完全看護なので基本的につき添いは必要ない。しかし個室患者の場合は、好きなようにしていいという暗黙の了解があった。カルテの家族歴の欄には、『血縁者なし』と書かれていたので、つき添いは組員らしい。

ベッドに座ったままの竜樹が、男に声をかけた。

「主治医の籠宮先生だ。失礼のないようにしろよ。なにしろ俺の……」

声に笑いがにじんでいるのを知って、瑛の顔から血の気が引いた。まさか昔の一件をばらすつもりではないだろうか。だが竜樹は素知らぬ顔で言葉を続けた。

「病気を治してくれる先生なんだからな。これから治療計画の説明がある。お前はメシでも食ってこい」

「いえ、交代のあとで食いますから、大丈夫っす」

「席を外せと言ってる」

「わかりました。失礼します。先生、よろしくお願いしまっす！」

若い男がぴしっと背筋を伸ばしたあと、瑛に向かって直角に腰を折った。そのあと竜樹に向き直ってもう一度礼をし、部屋を出ていった。

瑛はほっとした。今のところ竜樹には、七年前のことをすっぱ抜くつもりはないらしい。

内心が顔に出ていたのか、閉まるドアから瑛へと視線を移した竜樹が、片頬で笑った。

「よっぽどあの件を喋《しゃべ》られたくないみたいだな。心配するなよ。薬を盗みに入って結局手に入れられずにあんたを犯ったなんて、チンピラくさすぎて若い奴に聞かせられやしない」

「……」

「もちろん、それにも限度があるけどな。俺は肺癌なんだろう？　きっちり治してくれよ、先生。昔のことを根に持って治療に手を抜いたら……」

「そんなことは、しません。医師としてのモラルの問題です」

驚愕《きょうがく》と恐怖から立ち直り、どうにか瑛は返事をした。

「どうだかな。とりあえずは黙っておく。だが治りが悪いと、俺は自棄《ヤケ》になって何を口走るかわからないぜ」

「治りに関しては、まず、現在の佐上さんの状態を確かめないと……そのために、癌の種類や、他の場所に転移していないかどうかを調べます」

「癌に種類があるのか？」

「放射線治療が効くものや抗癌剤が適しているものなど、いろいろです」

自分の専門知識が必要な説明になって、瑛は少しずつ気持ちが落ち着くのを覚えた。話の内容が自分のテリトリーに入ったせいだ。会話は苦手だが説明はできるというのは、他人から触られるのはだめでも自分から触るのなら大丈夫なのに似ている。

癌という病気の性質や今後の予定を話す間、竜樹は神妙に聞いていた。最後に明日の造影CT検査について説明を終え、瑛は軽く一礼してドアへ向かおうとした。しかし、

「先生」

呼び止められて振り向いた。竜樹は金色がかった眼に、面白がるような笑いを浮かべて自分を見ていた。

「これからよろしく頼むぜ。……いろいろとな」

短い台詞だからこそ深い意味がこもっているようで、不安を煽られる。まともな返事ができず、瑛は逃げるように病室を出た。背後から笑い声が聞こえた。これは、普通の患者と担当医の関係とは違う。支配権は竜樹にある。

(どうすればいいんだ……)

今になって再会するなど、思いもよらなかった。

「……生。籠宮先生!」

名を呼ばれて、ハッとした。病棟詰所の窓から自分を呼んでいるのは辻だ。

「どうした、顔色が悪いぞ」

辻の声は大きいので、詰所にいる看護師だけでなく廊下の患者にまで聞こえてしまう。放っておいてほしいのだが、がさつに見えて辻は意外に注意力があるのか、瑛の変調にはすぐ気づく。このまま曖昧にごまかして立ち去りたいところだったが、入院患者のレントゲンを詰所に戻さなければならない。辻に声をかけられなければ、ふらふらと前を通り過ぎていただろう。仕方なく瑛は詰所へ入っていった。

辻は近藤に、病理組織検査依頼書の書き方を指導していたところらしい。瑛が抱えたレントゲン袋の『佐上竜樹』という文字を目ざとく見つけたらしく、顔をしかめた。

「ああ、今日入院だったたな。脅されたか何かしたのか？」

「まさか……挨拶と、今後の検査予定の説明をしてきただけです。何もありません」

「それにしちゃ顔色が悪い」

「外来が長引いて、まともに昼を食べる時間がなかったんです。そのせいでしょう」

これは嘘《うそ》ではない。職員食堂へ行く時間が取れず、医局の机に常備してあるゼリータイプの栄養食で昼食をすませた。

辻など他の外科医からは『そんなものがメシの代わりになるか、男ならガーッと丼飯《どんぶりめし》だ』と顔をしかめられることが多いが、体質なのか、瑛はあまり空腹感というものを感じたことがない。それより食事に時間をかけすぎて手術の開始に遅れてしまった場合を想像する方が、はるかに胃にこたえる。

「籠宮先生は真面目すぎる。下っ端ぺーぺーの研修医じゃないんだから、十分や十五分くらい遅れてもいいんだ。そうだ、今から一緒に夕飯に行くか?」

椅子から腰を浮かせた辻に、近藤が同調した。

「いいですねえ。もうオレ、腹ぺこで……お多福《たふく》食堂ですか、それとも魚松《うおまつ》へ」

「お前はさっさと依頼書を書け!」

言葉を遮り、辻が近藤の頭をはたいた。

「四人分も溜め込みやがって。病理の依頼だけじゃないだろう、手術の予定表がめちゃくちゃで、手術場から突っ返されたって聞いたぞ。お前がちゃんとしないと指導担当の俺が怒られるんだよ! ああもう、一人で書類を片づけろ。俺は籠宮とメシに……」

「辻先生。それは可哀相《かわいそう》ですよ。書き損ねて突っ返されたのなら、受け取ってもらえる書き方を教えてあげないと」

苦笑して瑛は口を挟み、首を振ってみせた。

「僕も今日中に片づけなきゃならない仕事が残っているので、まだ夕食には行けません」

「でもなぁ、その顔色……」

「大丈夫です。血色がよくないのはもともとです」

辻と食事に行けば、竜樹に脅されたのではないかと根掘り葉掘り訊かれるだろう。親切心からとはわかっているが、今は一人になりたい。仕事にかこつけて瑛は詰所を出た。

医局への廊下を歩きながらも瑛の気持ちは不安に沈んだままだった。

七年前に自分を犯し、対人恐怖症という後遺症を与えて人生を狂わせた男と、これから毎日顔を合わせ、治療をしなければならない。耐えられるだろうか。

（何か問題を起こせば強制退院にさせられる。あるいは、この病院では治療が無理だから癌センターへ転院、という運びになれば……いや、だめだ）

病院を出る前にたった一言喋るだけで、竜樹は自分を破滅させることができる。打つべき手は何もない。『あの一件については黙っておく』という言葉にすがり、このまま主治医として治療に当たるしかなかった。


外来診察や検査など、朝の通常業務は九時から始まる。が、ほとんどの医師はそれより早く出勤し、自分が担当する入院患者の様子を見て回ったり、カルテを見て血液検査や病理検査の結果を確認したり、検査の指示を出したりする。

瑛も毎日、八時二十分には出勤し、病棟を回ってカルテをチェックし担当患者に挨拶をするようにしていた。時間の制約があるので、『おはようございます、具合はどうですか』、『昨日よりいい顔色ですね、よかった』程度の声かけしかできないが、主治医が顔を見せるのと見せないのでは患者の安心感がかなり違うようだし、瑛自身が落ち着かない。だから出勤直後と帰宅前の二回、必ず患者の様子を見ることを自分に義務づけていた。

火事で熱気を吸い込み気管に熱傷を負った老人や、食道ポリープの会社員、乳腺線維腺《にゅうせん》腫の女性など、外科病棟の端から順に担当患者を回っていき、最後が特別個室だった。

入りたくないが、一人だけ飛ばすわけにはいかない。普段の習慣を変えたのを誰かに気づかれ、理由を探られるのは困る。

「佐上さん、入っていいですか」

一声かけてからドアを開け、瑛は目をみはった。竜樹は部屋の窓を大きく開けて、窓枠に腰掛け、上半身を外へ傾けている。つき添いの組員はおらず、一人きりだ。

「やめなさい、何をしているんです！」

慌てて瑛は部屋に飛び込んだ。竜樹がうるさそうな顔でこちらへ目を向けた。

「朝っぱらから騒々しい奴だな。なんだよ」

「なんだよも何も……」

言いかけて瑛は言葉を切った。竜樹の手に煙草《たばこ》があることに気がついたからだった。この病院ではすべての病室にセンサーが設置されており、室内で煙草を吸うと煙を感知して火災報知器が鳴る。そのことに関しては、全室の壁に注意書きが貼られていた。

そのため竜樹は窓を開けて枠に座り、わざわざ半身を乗り出して煙草を吸っていたらしい。

なんという馬鹿な真似をするのかと腹立たしくなり、大股《おおまた》に瑛は歩み寄った。

「煙草を消してください。喫煙所以外で吸うのは禁じられています」

「いちいちあんなところまで行くのは面倒くさい。センサーが反応しないよう、窓を全開にしてるだろうが」

「そういう問題じゃありません。第一、肺の病気を治すために入院中なんですよ。それにここは七階です。窓枠に座ったりして、バランスを崩して落ちたらどうするんですか」

「そんなどんくさい真似するか」

竜樹が肩をそびやかす。窓枠から下りて床に立ったのはいいが、煙草をアルミサッシに押しつけて消したうえ、吸殻を持った手を窓の外へ出した。

「何を……‼」

瑛は慌てて駆け寄った。思った通り、竜樹の手にはすでに煙草はない。

「下へ捨てたんですね。誰かに当たったら危ないでしょう」

「あんな軽いもの、どうってことあるか。ちゃんと火は消しただろうが」

「病院の建物は灰皿じゃありません。それに吸殻を誰が掃除すると思っているんです」

「掃除のオバサンはそれで給料をもらってるんだろ」

「そういう問題じゃなく、自分の出したゴミを自分で片づけるのは最低限の……」

「ごちゃごちゃうるせェ。また犯すぞ」

言葉を遮った竜樹が、瑛の顎へと手を伸ばす。指が触れる前に瑛は慌てて飛びのいた。竜樹が顎をそらせて笑った。

「なんだ、結局怖いのか。だったら偉そうな口を利くなよ。あの時だってそうだろう。ペンタジンさえ手に入れれば、俺はすぐに帰るつもりだったんだぞ。弱いくせに強い相手に逆らうから、痛い目に遭ったんだ。弱いあんたが悪い」

「……力がすべてという考え方ですか」

からかいではなく本気で言っている竜樹の様子に、瑛は眉《まゆ》をひそめて尋ねた。相手は患者なのだから、個人的な好悪を表に出してはいけないと自分を戒めるものの、口調が硬くなるのは抑えられない。

「当たり前だ。世の中は弱肉強食なんだよ。それで用はなんだ、朝っぱらから俺のご機嫌伺いか？　そこまで気を遣わなくても、今のところ例の件を喋る気はない」

「ご機嫌というより体調がどうかです。佐上さんだけでなく、患者さんには毎朝全員にしていることですから」

「救急部にいた間には、そんなの来なかったぞ？」

「皆、外科以上に忙しいからでしょう。とにかく窓から身を乗り出さないように。それと煙草は喫煙所で吸ってください。ただし佐上さんは肺の病気ですし、禁煙をお勧めします。昔のように自分の意志だけで禁煙するのではなく、やめやすくなる薬もいろいろ開発されていますから」

「まったく、病院ってのは刑務所並みに不便な場所だな。こっちが金を払ってるのに、なんでそんな不自由な思いをしなきゃならないんだ」

「治療のためです。それより、他に何か困ることはありませんか」

いつまでも竜樹と喋っているわけにはいかない。表情や口調からすると、体調は悪くないのだろう。これで話を切り上げるつもりで、瑛は朝の見回りではお定まりの質問をした。

「溜まってきた」

竜樹が面白がるような笑みを浮かべて口を開く。

「え?」

「入院以来ヤってなくて、溜まった。なんとかしてくれよ。ここの看護婦は願い下げだぞ、ブスばっかりだ。俺が見たうちじゃ、あんたが一番美人かな」

瑛はものも言わずにドアへ向かった。からかわれたのはわかっていたが、受け流す余裕がない。はじけるような笑い声を背中に聞いて、廊下へ出た。

(あんな男、窓から落ちればよかったんだ)

もちろん本気で七階から落ちろと願っているわけではないが、腹立たしい。室内で転んで、ベッドで股間《こかん》を打てば、少しはおとなしくなるのではないかと思う。

(……そういえば部屋に入った時、僕はなぜ駆け寄ろうとしたんだ?)

もちろん突き落とすためではない。改めて竜樹の言動を思い返すと腹立たしくてたまらないけれど、あの時は引き止めようとして駆け寄った。

（当然のことだ。医師として、人として……相手がどんな人間だろうと、助けるのは当たり前じゃないか）

だが竜樹は七年前のことをまったく悪いと思っていないらしい。弱肉強食と言いきった態度からすると、自分とはまったく価値観のあり方が違うようだ。治療を続けていく間、あんなふうに反省のかけらもない言葉を聞き続けるとしたら、自分は耐えられるだろうか。

――しかし考え込んでいる時間はなかった。

今日の午前中、瑛は西病棟の回診をする役目に当たっていた。

これは主治医かどうかには関係なく、外科全部のベッドを回ることになっている。ガーゼ交換は主治医がすると決めてしまうと、医師の都合に合わせたばらばらの時間帯に看護師が補助につくことになって、看護師サイドはとても不便だという事情があるからだ。

回診では手術後の傷を診《み》るのはもちろんのこと、寝たきりで床ずれができた患者などは、ガーゼ交換で姿勢を変えるついでにシーツの交換もする。主治医と気が合わない患者などは、回診の医師に対して病苦を訴え、説明を求めてくることもある。時間がかかった。

「先生、この部屋はC型肝炎なので後回しです。次は奥の個室で抜糸です、佐上さん……あ、篭宮先生の患者さんでしたね」

「そう。縫合から十日目だし、傷の具合を見て半抜糸か全抜糸にしましょう」

平静を装って瑛は答えた。

ガーゼ交換用のワゴンを押す看護師の一人は五十代のベテラン、もう一人は元気いっぱいの二十代だが、共通しているのはお喋りでゴシップ好きなことだった。竜樹と顔を合わせるのは気が重いが、妙な様子を見せればすぐ誇張した噂《うわさ》が病院内を駆けめぐるだろう。

「佐上さん、おはようございまーす。具合はいかがですか、ガーゼ交換でーす」

若い看護師が声をかけてドアを開ける。

ドアからベッドへの視線を遮る位置に、組の一般構成員らしい若い男が立っていた。番犬のような目つきで瑛と看護師二人の顔を確かめたあと、壁際へ下がる。

竜樹はベッドで本を読んでいたようだ。瑛の顔に視線を向け、何を思ったか口元を歪めて自慢げに笑うと、パジャマのボタンを外して思いきりよく上を脱ぎ捨てた。正方形のガーゼが貼りつけてある。これが、本人が『転んでガラスの破片が刺さった』と主張している傷らしい。だがそれよりも、脇《わき》から肩に見える桜の刺青が目を引いた。

救急部で毎日ガーゼ交換を受けたため手順に慣れているのか、瑛が何も言わないうちに竜樹は、傷がある右脇を上にし、こちらに背を向けて寝転がった。

瑛は一瞬息をのんだ。

竜樹は色白な方ではないが、皮膚はきめが細かくなめらかだ。その背に昇り竜が色鮮やかに彫り上げられている。さっき竜樹が微笑したのは、これを見せびらかしたかったためらしい。金色に染めた髪が太陽を思わせ、背中の竜は背景に描かれた桜の花を散らして、天の高みを目指すかのようだった。

（……馬鹿馬鹿しい）

生きた絵画の美しさに見とれそうになったのを、瑛は押し隠した。感染症の危険はあるし皮膚病変に気づきにくくなるし、刺青などしても何一ついいことはない。ましてそれを見せびらかして示威を目論《もくろ》む竜樹の行動は、子供じみている。

「それじゃ、消毒をします」

ベッド際に寄ってガーゼを剝がす。傷の長さは四センチ程度、黒いナイロン糸で八針縫合してあった。イソジン消毒液を塗ったあと、攝子《せつし》の先で触って確かめてみると、傷は綺麗に癒合していた。

「全抜糸しましょう。……浅川さん、抜糸剪《せん》をください」

看護師から先の細い鋏《はさみ》を受け取り、端から糸を切っては抜いていく。若いだけに傷口の肉の盛り上がりがよく、鋏の先を糸にくぐらせるのも一苦労だ。

「糸を引っ張るので少し痛いかもしれませんよ、佐上さん」

「ふん。刺青を彫った時に比べれば、蚊に刺されたほどのこともないな」

「それはよかったです」

「……愛想のない。もうちょっと言うことはないのか」

ムッとした口調からすると、やはり竜樹は刺青を自慢したかったらしい。部屋の隅に控えている舎弟などは、賛嘆の表情で昇り竜を見つめているから、相手によっては効果があるのだろう。けれども瑛としては、ヤクザの象徴のような代物を褒める気はなかった。一瞬見とれてしまった自分自身にさえ腹が立つ。ことさら無機質な口調で答えた。

「そうですね、プロの人の仕事だろうとは思います」

「素人《しろうと》にこんな図柄が彫れるかよ」

本人はこの刺青が気に入っているらしい。昇り竜は『昇天』であり、周辺の桜吹雪《さくらふぶき》は『サクラチル』で、どちらも死を意味することに気づいていないのだろうか。

そう嫌味を言いたくなったが、癌と闘病中の患者に医師が向けていい言葉ではなかった。

「図柄は僕にはわかりませんが、きちんと針を消毒してくれたようで、よかったです。こんなことで肝炎や梅毒を感染されてはつまらないですから。……はい、終わりました」

つまらなさそうな顔をしている竜樹を残し、瑛は看護師たちと一緒に廊下へ出た。若い看護師が声をひそめて話しかけてくる。

「すっごい刺青でしたねえ。私、腿や腕に小さいのを入れてる患者さんは見たことあるけど、背中一面に背負ってる人は初めてです。綺麗でしたね」

「そうですか？　僕はああいうのは嫌いです。感染症の危険がありますし」

「そりゃ、先生が刺青好きで体に彫ってたら、患者さんがびっくりしますよ。佐上さんは職業が職業だから」

「今日の人とは違うつき添いさんに聞いたけど、佐上さんて直系若衆の中じゃ一番若いんですって。下の人に威厳を示そうとして彫ったんですかね？　それともあんな大きいのを彫る根性があるから、出世したのかしら？」

「私は後の方だと思うわ。刑務所にも入ってたそうだし……」

看護師二人は、面白がる表情で喋っている。

暴力団での出世、すなわち手柄を立てるということの意味を考えて、瑛はいやな気分になった。非合法な手段で金を稼いだか、他の者がいやがるような荒っぽい行為を引き受けたかしたのだろう。七年前に自分を犯した暴力的な性格は、本質的には変わっていないらしい。

それにしても竜樹のつき添いといえば、暴力団組員のはずだ。そういう相手からも情報を引き出すゴシップ好きの熱意は凄まじい。まさかとは思うが、竜樹に矛先が向いて話を引き出そうとしたりすると困る。単なるヤクザの内情ならまだしも、七年前の話だけは人に知られたくない。

瑛は当たり障りのない形で釘《くぎ》を差した。

「あまり患者さんのことを根掘り葉掘り訊かないようにしてください。本人が知ったらいい気はしないでしょうし、揉《も》めごとの元です。……僕が前にいた病院では、忘年会帰りのナースたちがタクシーの中で患者さんの悪口大会を実名入りで始めて、あとで大問題になったことがあったそうですから。運転手さんが患者さんの親戚《しんせき》だったんです」

「うわー、怖い」

「気をつけます、先生」

いい返事だったが、ゴシップ好きな気性の持ち主にとっては、刺青や前科といった派手な要素は格好の話題になるらしい。あるいは瑛の注意を『部外者に聞かれるな』という意味に取り、仲間内で話す分には大丈夫だと思ったのだろうか。回診が終わって詰所へ戻ると、看護師たちは竜樹の刺青について早速お喋りを始めた。

「佐上さんの刺青？　あたしも見た」

「あんな大きいのって、少ないでしょ。しわしわなお爺《じい》さんの背中じゃ意味ないけど、若くて皮膚に張りがあって鍛えた体つきだから、格好いいよね」

「何よりも、顔がイケメンなのが一番」

「それ、思う。ヤクザをやめて芸能界へ転職すればいいのに。ワイルド系雑誌のモデルとか、似合いそう」

「あたしはヤクザのままでもいいな。危険な香りのする男、カコイイ！　なーんて」

「わかる。危なくて、そのくせ悪ガキっぽい可愛《かわい》いところもあって」

「じゃ、デートに誘ってみたら？　深夜勤の見回りの時とか、二人きりになるチャンスはいくらでもあるし」

瑛はパソコンに向かい、回診で見つけた患者の病状変化を電子カルテに書き込んでいた。

けれど詰所内の会話はいやでも耳に入ってくる。

(どこが格好いいんだ、あんな奴)

看護師たちは無責任に盛り上がるばかりだ。あいにく看護師長も主任も席を外していて、止める者がいない。『二人きりのチャンス』とかいう言葉と一緒に黄色い歓声があがると、我慢ができなくなって、とうとう椅子を回して皆の方を向き、制止の声を投げた。

「やめてください‼」

お喋りに興じていた看護師たちが、驚いたように目をみはり、言葉を途切れさせた。

普段、詰所内にいる時の瑛は黙々と自分の仕事をこなし、求められない限り会話に加わらない。まして看護師たちのお喋りを制止したことなどなかった。

(しまった、つい……どうやってごまかそう)

瑛は眼鏡を押し上げるふりをしつつ、つけ足す適当な言葉を探した。

自分の秘密を知られるのはいやだから、竜樹と必要以上に接触してほしくない。竜樹と看護師が個人的に親密になって、『実は昔、あの医者を犯ったら痛がって泣いて』などと自分の噂話をして面白がる場面を想像したら、背筋が寒くなる。

だからといって竜樹が『ナースがブスばかり』と言ったなどとは、口に出せなかった。

「その……いくらなんでも不謹慎でしょう」

「やだぁ、先生。冗談に決まってるじゃないですか」

「冗談でも、深夜勤の時にどうとかいうのは不謹慎すぎます。それにいくら見た目がよくても相手はヤクザなんですから、気を許したら危険です。こっちは冗談のつもりでも食いついてきて、厄介なことになるかもしれません。控えてください」

ナースのすることに滅多に口出ししない瑛が言ったのが、意外だったのだろうか。皆が顔を見合わせる。回診についていた看護師がとまどい顔で口を開いた。

「びっくりしました、籠宮先生が患者さんのことを悪く言うのを初めて聞いたから。刺青のことといい、ヤクザが本当に嫌いなんですね」

「す、好き嫌いじゃなく。相手が相手だから個人的に親しくならない方がいいと……」

「でも籠宮先生って、基本、治療に関すること以外は無関心って雰囲気じゃないですかぁ」

「うん、佐上さんのことだけ気にして、妙に厳しい感じ」

瑛は言葉に詰まった。しかしちょうどそのタイミングで、東病棟を回っていた辻と主任看護師が詰所へ戻ってきた。主任看護師は厳しい性格で、無駄口を嫌う。看護師たちは慌てて無駄口をやめ、仕事に散っていった。

それでも直前までの妙な雰囲気はまだ残っていたらしい。辻が詰所内を見回して、誰にともなく声をかけた。

「何、どうかした？」

「別にー。何もありませーん」

看護師の一人が答える。瑛も再びパソコンに向かった。内心では、ひやりとするものを覚えていた。他の担当患者と佐上竜樹に対する態度で違いが出てはまずい。何かあったと勘繰られる原因になる。だがさっきは腹が立って、口をはさまずにはいられなかった。

（若い子たちが脳天気なことを言うからだ。どういう男かも知らずに……）

イケメンだとか格好いいとか可愛いとか――思い出せば思い出すほど、腹が立つ。あの男のどこを見てそんな台詞が出てくるのだろう。佐上竜樹はただの乱暴なヤクザだ。見た目はどうあれ、人間性は最低だ。

隣に座った辻が何か話しかけてきたが「すみません、忘れないうちに記入したいので」と答えて相手にならず、瑛は電子カルテに書き込みを続けた。


竜樹にはＭＲＩのみならず、喀痰細胞診、造影ＣＴ、気管支鏡検査など、毎日のように検査が行われた。入院が長引くのは瑛にも竜樹にも嬉しくない話だが、肺癌はその種類と病期によって、治療方針が大きく異なる。確実に診断がつかない限り、手術に踏みきるわけにはいかなかった。

そんなある日、瑛はいつものように始業前に担当患者の様子を見回っていた。

竜樹の部屋の前に立つと、閉じたドア越しに話し声が聞こえてきた。つき添いの若い組員がいるのだろうかと考えながら、瑛はノックをし、ドアを開けた。

「おはようございます。佐上さん……」

とまどって、言葉が途切れた。てっきり若い組員がいるものと思ったが、ベッド際に立っていたのは五十年輩の小柄な男性だ。膝の抜けたズボンに、襟元に醤油《しょうゆ》か何かのしみがついた背広という年季の入った服装が、日焼けにくすんだ顔によく合っている。

男は瑛を認めて愛想よく頭を下げた。笑い皺《じわ》が深くなった。

「おはようございます。佐上の担当の先生ですか」

「あ……はい。そうです。籠宮といいます。お見舞いは午前十時から午後八時までですよ」

注意しながらも、瑛はとまどった。何者だろうか。佐上竜樹を呼び捨てにする以上はかなり親しい仲なのだろうが、一見した感じは腰が低く愛想がよく、町工場か一杯飲み屋のオヤジさんという雰囲気で、暴力団員らしいすさんだ気配は感じられない。

「こりゃ失礼。なかなか時間が取れなくて、今日はたまたまこっちへ来る用事があったもんですから。県警の平松《ひらまつ》といいます。……ああ、別に捜査じゃないのでご心配なく。ただの見舞いです、見舞い」

にここにこと言う平松とは対照的に、竜樹はげんなりした顔だ。

「そんな親しい仲じゃないでしょうよ」

「そう言うな。もっと早く来たかったんだが、時間が取れなくてな。ほれ、やる」

 軽くいなして、平松はポケットからチューインガムを出した。竜樹がますますうんざり顔になる。

「ガムって……おやっさん、子供にお使いの駄賃をやるんじゃあるまいし」

「おお、悪い。うちの二番目の子と同じ年だから、ついつい子供に見えるんだ。まあ、とっとけ。禁煙したら口寂しいだろう」

「誰も禁煙するとは言ってませんが」

「いやいや、肺の病気に煙草はいかん。ところで石谷は来ないのか。大事な弟分が刺されて怪我をしたってのに。病気になったら用なしか、冷たい奴だな」

「刺されたんじゃなく転んだんですよ。それに兄貴は冷たくなんかない、俺が入院してる間、下の者の面倒を全部引き受けてくれてるんです」

 躍起になって平松に反論する竜樹は、普段より子供っぽく見える。まさか警察関係者の前で七年前の事件は喋らないだろうと思い、ちょっと安心して瑛は声をかけた。

「佐上さん。具合は……」

「ないない、なんにもない。二人とも早く出ていってくれ。俺は二度寝したいんだ」

 うるさそうに竜樹が追い払う仕草をする。

この様子なら特に体調の変化はないのだろうと判断し、瑛は廊下へ出た。と、あとから出てきた平松が白衣の袖《そで》を軽く引いた。すばやく視線を周囲に走らせたのは、近くに人がいないことを確かめたのだろうか。声をひそめて話しかけてくる。

「何かあれば知らせてください。佐上の入院は、無事に終わらないような気がするんで」

言葉の内容に瑛は当惑し、足を止めて平松を見た。

「どういうことです。何か起こりそうなんですか？」

「いやいや、単なる勘です。ただ佐上の兄貴分、若衆頭補佐の石谷って奴は、一筋縄ではいかない性格でね。佐上が治って元通り働けるならいい。しかしもしも復帰が無理だった時、あっさり足を洗わせてくれるとは思えないんですよ。味方に対してはともかく、敵や役立たずには冷たい男です。どうせ手放す相手なら、自分の身辺のゴミを全部背負わせて、ドブ川へ突き落とそうと考えるような。……佐上は石谷に心服してるみたいですが」

連絡先として名刺を瑛に渡し、平松は帰っていった。

普通に治療を終えてできるだけ早く退院してほしい、もちろん七年前のことは誰にも話さずに——それが瑛の竜樹に対する偽らざる気持ちだ。だが肺癌の進行度によっては、入院は相当長引くかもしれない。それなのに平松は、竜樹の入院生活は無事に終わらないだろうと暗い予言を残していった。

重苦しい気分で、瑛は手の中の名刺を見つめた。

種々の検査の結果、竜樹の癌は左肺中葉に原発巣がある扁平上皮癌と診断された。この種類の肺癌は、化学療法が効きにくい。放射線治療を行い、癌病巣を縮小させてから手術を行うことに決まった。

癌の専門施設へ送るほど難しい症例ではないが、長期入院になるのは確実だ。瑛にとって嬉しくない状況だが、竜樹も苛立ちを覚え始めたようだった。

とはいえ直系若衆という地位にいる自負のためか、スタッフに乱暴はしない。つき添いとして交代で来ている若い組員にも、患者や病院スタッフに迷惑をかけないよう言い聞かせているらしい。個室に近づくとじろじろ見られていや、という程度の苦情は出ていたが、それ以上の問題はなかった。問題は別の形で起こった。

ある夕方、病棟の廊下を歩いていた瑛は主任看護師に声をかけられ、人の少ない階段そばまで引っ張っていかれた。

「廊下で先生と行き会ってよかったです、人に聞かせたい話じゃありませんので。いいですか、先生、七〇一号の佐上さんのことです」

「何かありましたか?」

平静な表情を作ろうとしたものの、不安で心拍数が急に上がるのがわかった。主任の口調からすると、いい内容ではなさそうに思える。

「先生から佐上さんに注意していただけませんか。時々、病室に内側から鍵をかけているんです。検温の時なんかに困ります」

基本的に病室には施錠をしない決まりになっている。大部屋ではドア自体が開けっ放しのことも多い。ベッドの周囲にカーテンを引くことができるので、最低限のプライバシーはそれで保たれるという考えからだ。しかしこの状況に抵抗を覚える患者は少なくないようで、ドア自体は開けるのも閉めるのも自由となっている。まして竜樹は暴力団幹部で、ここへ入院するきっかけも誰かに刺されたことからだったらしい。他人が簡単に室内へ入れる状況を拒むのは、当然かもしれない。ドアを閉めるのは当然だろう。

しかし鍵となれば話は別だ。たとえば患者が意識を失ったり身動きできなくなった時、出入り口が施錠されて医師や看護師が入れないのでは困る。

「わかりました。ドアは閉めてもいいけれど鍵はかけないようにと言っておきます。看護師さんサイドでも、部屋に入る時には必ず一声かけるようにしてあげてください」

「声はかけています。でもつき添いの人が外に立っていて、入れてくれないことも多いんです。しかもその……鍵をかけている時というのが」

看護師がなんとも腹立たしげな顔になり、声をひそめてつけ足した。

「お見舞いに、女の人が来られた時です」

本題がわかって瑛は肩を落とした。逆に主任看護師は肝心な用件を伝えたことで気が楽になったのか、早口で言い立てる。

「主治医なんですから、しっかり言い聞かせてください。それでなくてもつき添いの組員にじろじろ見られたり、卑猥《ひわい》なことを言われたナースもいるそうです。まして女性を部屋に連れ込んでいるなんてことが大っぴらになったら、病棟内の風紀がですね……」

「わかりました、わかりました。きちんと言います」

ここで『主任がいない時だと、結構きわどい冗談を言うナースもいますよ』などと言ったら話がこじれる。諦めて承諾するのが平和への道だ。

主任看護師が詰所へ戻っていったあと、瑛は溜息をついて眼鏡のリムを押さえた。

（病院で治療を受けている最中に何をしでかすんだ、あの獣《けだもの》）

地位が高くなってずいぶん落ち着き、インテリヤクザと言ってもよさそうな雰囲気になっていたが、竜樹の本質はほとんど変わっていないらしい。病院スタッフを襲わなかっただけでもましと考えるべきだろうか。だからといって、情婦を部屋へ引き入れ怪しい振る舞いに及ぶのを、黙認するわけにはいかない。

（……看護師長についてきてもらうわけにはいかないいな）

入院態度に関する話し合いの場合、ナースサイドの意見を聞くため看護師長や主任に同席してもらうことはよくある。しかし今回は話の内容が内容だ。一対一で対峙《たいじ》することへの不安はあるが、こじれた時に竜樹が七年前の話を持ち出して他人に知られる方が怖かった。

瑛が個室を訪れたのは、午後十時に近かった。

病棟全体の消灯は九時だが、ナースからそれとなく聞き出した話によると、個室なのをいいことに竜樹はいつも十二時の見回りの頃までは、卓上蛍光灯をつけて起きているらしい。看護師に会話を聞かれたくないので、見回りの間の時刻を選んだ。

「佐上さん、主治医の籠宮です。遅い時刻にすみません。入ってよろしいですか」

「……入りたきゃどうぞ」

ちょっと意外そうな声が返ってきた。中へ入った瑛はそっとドアを閉めた。つき添いの組員はすでに帰らせたあとのようだ。ベッドに座っていた竜樹は、読みかけの雑誌を閉じてサイドテーブルに置き、からかう口調で言った。

「なんの用だ、先生。診察や検査の時間帯じゃないだろう。それとも仕事が終わって、俺とお喋りがしたくなったのか？」

「あいにくまだ仕事は残っています。事務関係の作業がたくさんあるので」

最近、保険会社に提出する診断書を書いてほしいという要望が増えた。以前だと医療保険金が少額しか見込めない場合は、請求手続きの手間を嫌って何もしないという人が多かったが、やはり不況のせいだろう。

　ベッドのそばへ歩み寄った瑛は、単刀直入に切り出した。

「苦情が出ているんです、佐上さん。部屋の入り口に鍵をかけるのは、やめてもらえませんか。万が一、急に体調が悪くなって佐上さんがナースコールを鳴らした時、ドアが開かないと医療スタッフが中へ入れず手当が遅れます」

　竜樹が肩をすくめた。

「消灯時刻のあとにわざわざ来て何を言うのかと思えば……心配するな。俺が部屋に鍵をかける時は、必ず他の誰かが中にいる。俺の具合が悪くなってもそいつが鍵を開けるさ。それにずっと閉じこもってるわけじゃないんだ。検査や診察の時間帯は外してる」

「面会時刻は八時までです。とにかく、節度のある行動を心がけてください。無茶をしていたら治るものも治らなくなりますよ」

「どんな無茶だ？　具体的に言ってもらおうか」

「……」

「八時まではナースや医者が、採血だなんだと部屋に来るじゃないか。こっちは気を利かせて、そういう時間帯を外して面会に来させてるんだぜ？　病院側も患者のプライバシーを考慮してもらいたいな」

　にやにや笑っているあたり、瑛が本当は何を注意したいのかわかっていて、わざと気づかないふりをして面白がっているのに違いない。瑛は唇を噛んだ。だが主治医としての立場上、言うべきことは言わなければならない。

「病室へ女性を連れ込まないようにしてください。話をする程度なら構いませんが、佐上さんの行為は見舞いの範囲を逸脱しています。ここはラブホテルではありません」

「溜まってるって言っただろ。デトックスってやつだよ」

ああ言えばこう言うとはこのことか。嫌悪感で眉間に皺が寄るのが、自分でもわかる。硬い口調で瑛は繰り返した。

「とにかく、病室で女性といかがわしい行為をするのはやめてください」

「男とならいいのか。そいつは困った、今、つき合いがあるのは女だけでね。俺の審美眼は厳しくて、ブサメン相手じゃだめなんだ。あんたレベルなら歓迎するが……ああ、もしかして妬《や》いてるのか？　クールぶった顔して、可愛いところがあるんだな。あんたは俺が初めての男だったみたいだし、忘れられなくて当然か」

まるでつき合いがあったかのように言われて、瑛の我慢は限界に達した。自分にとって、七年前の出来事は汚辱でしかない。

「ふざけるな、この色情狂が……‼」

吐き捨てた声は小さかったが、しっかり聞こえたらしい。竜樹の顔から笑みが消えた。

「入院している以上、病院の規則は守ってください。今回だけは見逃しますが、今後同じことがあれば主治医判断で強制退院にします。……言い訳は聞きません」

瑛は頭ごなしの口調で言った。普段患者にこんな言い方をしたことはない。口調はやわらかくするし、神経質になっている病人の心を傷つけないように言葉を選ぶ。けれども竜樹に対してだけは、怒りを抑えられなかった。

「……なめられたもんだ」

本気で腹を立てたらしい。顔に血が昇った分、頬の傷が白っぽく浮き上がり、目立って見えた。危険を感じた瑛が後ずさろうとしたが、遅かった。

「‼」

胸倉をつかまれ、ベッドに転がされた。他人に触れられたショックで、瑛の呼吸が一瞬止まる。竜樹が瑛にのしかかってきても、抵抗どころか身動きさえできなかった。

「何、を、す……」

とぎれとぎれに喘ぐ瑛を、竜樹は獲物を前足で押さえ込んだ肉食獣の眼で見下ろした。

「医者ってのは結構な職業だな？　先生と呼ばれて、患者に『ありがとうございます』って頭を下げられて。……だけどな、よく考えろ。金を払ってるのはこっちなんだ。偉そうに指図されて嬉しいと思うか？」

「指図も何も、あなたが規則を守らないからでしょう」

「その言い草が偉そうなんだ。七年前は俺に突っ込まれて、ヒイヒイ泣いていたくせに」

竜樹の手が白衣のボタンにかかった。何をする気か悟って瑛は総毛立った。きっと顔は青ざめているに違いない。体重で瑛を押さえ込み、竜樹が宣告してくる。

「もう一度、思い知らせてやる。二度と偉そうな口が利けないようにな」

「ば、馬鹿な真似は……」

「声を出すなよ。人に見られて困るのはあんたの方だろう。籠宮先生は女役のゲイでヤクザの愛人だって、病院中に噂が流れてもいいのか。ゴシップってのは派手なほど喜ばれるんだ。一度広まったら、消しようがないぞ」

「や……いやだっ……‼」

叫んだつもりだった。しかし自分の耳に届いたのは、ひゅう、と喉《のど》が鳴るかすれた音だけだ。七年前に味わった恐怖と嫌悪が全身を縛っている。

白衣の前を開けられ、ベルトが外され、ズボンのファスナーが下ろされていくのに、身動きどころか、まともに喋ることもできない。竜樹がとまどったように眉をひそめたあと、口元を歪めた。

「無抵抗かよ。なんだ、本当はあの時の味が忘れられずに待ってたわけか」

「違、う……」

「嘘をつけ。その気がなくて、一人前の男が黙っておとなしく脱がされるかよ。あの時と違って俺は、縛り上げたりナイフで脅したりはしてないぞ」

竜樹が嘲笑い、瑛の下着とズボンを一気に膝まで引き下ろす。夜の冷えた空気が直接素肌に触れて、瑛は息を詰まらせた。

「いや、だ……や、め……」

「あいにく、ここはまだその気じゃないみたいだけどな。あんた、年はいくつだ？　三十は越えてるだろうに、こんな生っ白い色で……ろくに使ってないのか？　その顔だし医者だし、患者でもナースでも食い放題だろうに。それともあれ以来、男相手でなきゃだめなのか。まさか俺を忘れられなくて、独り寝を通してたわけじゃないだろう」

嘲弄されて瑛の体が震えた。意味は正反対だが、竜樹の言葉は正鵠《せいこく》を射ている。竜樹に犯された夜から、自分は他人と接触することができなくなった。

だが瑛がすくんで動けないのを、竜樹は完全に誤解しているらしかった。

「それならそうと早く言えばよかったんだ、先生。女を呼びつける手間が省けたのに。あの時より翳《かげ》があるっていうか、色っぽい雰囲気になったな、あんた」

眼鏡をかけたままの瑛には、竜樹の表情がはっきりと見て取れた。七年前と同じ、弱者をいたぶって楽しむ眼だ。

ズボンと下着が脚から抜き取られ、ワイシャツを鎖骨までたくし上げられても、瑛は固まったままだった。吐き気がする。夕食を摂るタイミングを逃して胃が空っぽだったのは、よかったのか悪かったのか、胃液がわずかに上がってくるだけだった。

「やめて、く……」

「何を格好つけてるんだ、それともこっちを焦《じ》らして煽る手か？　だったら乗ってやるよ。無理矢理シチュは嫌いじゃないんだ、俺は。……そういや、ちょうどいいのがあった」

哀願にせせら笑いで答え、竜樹はサイドテーブルに手を伸ばし、引き出しを開けた。取り出したのは痛み止めの塗り薬だ。二、三日前、寝てばかりで肩が凝るが、湿布をぺたぺた貼りつけた爺むさい格好はいやだと竜樹が言ったため、クリームを処方した。

「あの時はバックバージンを破られて、出血して痛がってるだけだったな。今日はじっくり時間をかけて、よがり泣かせてやる。……ふうん、傷は治ったみたいじゃないか。使い込んだ様子もないし、綺麗なもんだ」

言いながら竜樹は、左右に開かせた瑛の脚の間に体を割り込ませた。片膝に手をかけ、深く曲げさせる。

「あっ……」

後孔に、ぬらっとした感触が触れた。クリームを塗りつけられたのだ。瑛の体が大きく震えた。前の時のように力任せに押し入るのではなく、指の腹で皮膚と粘膜の境界をなぞるように撫で、小さな襞《ひだ》の一本一本にクリームを塗り込んでいく。時には後孔を離れて、袋に近いあたりまでをくすぐるように動く。

緊張で体が引きつっているけれど、息をしないわけにはいかない。息を吐いた瞬間に、敏感な場所を弱すぎるほど弱い力で撫で回されると、ふっと力が抜ける。

(なん、だ……なぜ……?)

今自分が感じたのは苦痛ではない。くすぐったいような、むず痒《がゆ》いような、甘い感覚だ。

竜樹が嗜虐的な笑みを浮かべて自分の表情を見守っているのに気づき、瑛は慌てて片腕を上げ、顔を隠した。

「おいおい、出し惜しみをするなよ。それとも本気で恥ずかしいのか？　クールぶってるわりに、可愛いところがあるんだな。普段からそうしてりゃいいのに」

「ち、違う。そんなんじゃ……はぅっ！」

袋にまでクリームを塗られた。べちゃりと湿った感触に瑛の体が大きく震えた。

指は袋の縫い目から後孔までを無遠慮に撫で回す。こんな場所を何度も何度も執拗《しつよう》に愛撫《あいぶ》されるなど、初めてだった。クリームのぬめりが指の動きを強調し、甘い感覚を増幅する。

それは瑛自身も意識しない防御反応だったのだろうか。腕をつかまれたり肩を叩かれたりするだけでも緊張し怯える精神が、この事態にあって狂ってしまわないように、体は快感に溺《おぼ》れることを選んだのかもしれない。だがこの時の瑛にそこまで考える余裕はなく、ただ戸惑い、混乱するばかりだった。

その間も竜樹の指は巧みに動き続け、瑛に快感を与えてくる。

「外だけじゃ物足りないだろう。そろそろこっちにもほしいんじゃないか？」

「う……んうぅっ！」

瑛は歯を食いしばった。それでも呻き声がこぼれたのは、クリームのぬめりを借りて、竜樹の指が中へ入り込んできたせいだ。潤滑のためだけの動かし方ではなかった。瑛の内部を探っている。

その指先が、ある一点に触れた。

「……っ⁉」

瑛は大きくのけぞった。顔を隠していた腕がずれた。自分の中にあるしこりを軽く押されただけなのに、腰の力が抜けるほどの衝撃が来たせいだ。

竜樹が含み笑って、何度もそのしこりを押してくる。

「ひっ、ぁ……やめっ……‼　な、何……何が……」

「前立腺だよ。ここをこう押されると、射精しなくてもイける。……どうした、医者なのに知らなかったのか？　人間の体がどうなってるのか知らない医者じゃ、患者が安心して体を預けられないだろう。ちゃんと覚えておけよ」

嘲笑しながら、竜樹がなおも前立腺を刺激する。そのたびに瑛の体が跳ねた。

「た、頼むっ……や、め……く、はぁっ！　ん、ぅうっ‼」

「いい声で鳴くんだな。もっと聞かせろ」

そう言われて気づいた。消灯時刻をすぎた今、病棟は静まり返っている。こんな声を出していたら、隣の部屋や廊下に聞こえてしまうかもしれない。

瑛は再び左腕を顔の前へ持っていき、袖をくわえて声を殺した。右手を下へ伸ばして竜樹の腕を自分から遠ざけようとしたけれども、しこりを押されるたびに、今まで味わったことのない甘いしびれが背筋を駆け上がり、体の力が抜ける。拒めない。

初めて味わう快感は、対人恐怖症による緊張を凌駕《りょうが》し、否応《いやおう》なしに瑛を昂らせた。

「んっ……ぅ‼　ぅ、ふぅ……っ！」

前立腺を押されるたび、腰に熱がたまっていく。こんなのはおかしいと思えば思うほど、甘い快感を意識してしまう。流されてしまいそうだ。声を出すまいと袖を強く噛みしめるのに精一杯で、瑛は自分の下半身に起きている変化に気づかなかった。

限界は唐突に訪れた。

「……っ⁉」

腰にたまった熱が、液体に形を変えて瑛の中からあふれ出した。脳の中が真っ白に発光し、全身が何度も震えた。どろっとした粘っこい感触が、体を濡らす。

瑛は呆然《ぼうぜん》として天井を見つめていた。

竜樹は後孔に潤滑剤を塗り込むついでに前立腺を指で責めていただけで、瑛の牡にはまったく触れていない。それなのに自分は射精してしまった。

竜樹が喉を鳴らして笑うのが聞こえた。

「トコロテンかよ。こいつはまた……ここまで敏感だとは思わなかったな。七年でずいぶん開発されたじゃないか。何人と寝た？」

瑛は首を振って否定の意志を示そうとした。

けれど体に力が入らない。それでいて感覚だけは異様に鋭敏になっている。竜樹の指がゆっくり中でうごめくのがわかった。いったん抜けていったかと思うと、数を増やし、ぬらつく軟膏を指先へ乗せてまた入り込み、粘膜に塗り広げる。

「ぁ……はぁ、う……あ、ぁ……っ」

今まで経験したことのない形の射精で、全身が弛緩《しかん》している。袖を噛みしめる力さえ失って瑛は喘いだ。竜樹の指の動きにつれて、うねるような快感が全身に広がるのがわかった。

（おかしい、こんな……なぜなんだ、他人から一方的に触られているのに……）

しかも、相手は自分の心に深い傷を負わせた張本人だ。そんな男にいたぶられて、なぜ自分は感じてしまったのか。一度射精しただけでは足りずに、再び快感を覚えているのか。

瑛の混乱に気づいていないのか、気づいてもどうでもいいのかもしれない。

「あんた一人にいい思いをさせて終わりにするほど、俺はボランティア精神にあふれちゃいないんだ。本番といこうか」

「……っ……」

三本に増えていた指が、抜けていくのがわかった。これで終わるわけがないとわかっていても、後孔を犯す異物の感触が消えたことで、全身の筋肉が弛緩する。袖を噛み続けた顎から力が抜け、瑛は大きく息を吐いた。

けれども与えられた休息は、ほんのわずかな時間でしかなかった。ほぐされた後孔に、熱く濡れた感触が触れた。――粘膜を強引に広げ、押し入ってくる。

「ん……くぅうっ！」

左腕は顔の上に乗ったままだ。袖を力一杯噛みしめ、瑛は呻いた。背筋が弓なりにそりかえる。潤滑剤を塗り込まれ、丹念に肉をほぐして慣らされたあとではあったが、今自分を犯す牡の硬さ、逞《たくま》しさは、指とは比較にならない。

「その格好じゃせっかくの色っぽい顔が隠れちまう。こっちを噛んでろ」

竜樹は瑛の左腕を引いて顔から外させ、代わりにナイトテーブルからタオルをつかんで、その端を口元へ押しつけてきた。命令に従うのは悔しかったけれど、何かを噛みしめていなければ、きっと大声を出してしまう。やむなく瑛はタオルの端をくわえた。

「素直だな。抵抗したのは最初だけか。……後ろに指を入れられただけでイっちまうくらいの好き者じゃ、無理もない」

揶揄《やゆ》する言葉が瑛の心に突き刺さる。しかも竜樹の責め方が前とは違っていた。

七年前はただ単に竜樹自身の快感を追い求め、瑛が苦痛を味わっていることなど気にしないという様子だった。しかし今回は瑛を感じさせようとしている。単に面白がっているのか、あるいは犯すよりもよがり狂わせる方が瑛の心に一層深いダメージを与えるのを、承知しているのかもしれない。

どんなに緊張で身をこわばらせていても、息をしないわけにはいかない。苦しさに耐えかねて息を吐いた瞬間は、自然に力が抜ける。

そのタイミングを見計らい、たっぷり塗り込んだ軟膏を潤滑剤にして竜樹は少しずつ瑛の中へ押し入ってきた。前立腺の裏をこするような動きは、わざとに違いない。無理矢理に快感を呼び起こされるたび、瑛の体が大きく震える。

「ふ、ぅ……んんっ……‼」

「くそ、きついな。後ろだけでイったくらいだ、さんざん遊びまくってたんだろう？　そのわりに、全然ゆるんでない」

声を出すまいとしてタオルを噛んでいるので、竜樹の誤解に反論することができない。悔し涙がこぼれた。

「もう、よがり泣きか。医者なんて偏差値の高いエリートの金持ちで、どう考えても社会の勝ち組ってヤツだろう。それが屑《くず》みたいなヤクザにレイプされて、泣くほど喜んでるのか。本物のマゾだな、あんた。……ほら、根元まで入ったぞ、先生。嬉しいか？」

せせら笑い、竜樹が腰を動かし始める。

「んっ、う……っ……」

タオルを噛んだ瑛の口から、くぐもった呻き声がこぼれた。

二人の体の間でこすられて、肉茎は再び熱を帯び始めた。さっき放った液体のぬらつく感触が、快感を増幅する。きっと竜樹にも伝わっているはずだ。恥ずかしいし、悔しい。

（いやだ、こんな……どうして……）

犯されるだけでなく辱めの言葉まで投げられているのに、自分の体は浅ましい反応を示している。それが厭わしくてならない。

「……‼」

不意に胸から思いがけない快感が走り、瑛はのけぞった。腿を抱えていた片方の手を離し、竜樹が瑛の乳首をつまんでいる。瑛の反応に満足したのか、乳首を指先でこね回しながら、荒くなった息遣いの合間に囁《ささや》いてきた。

「敏感だな。ちょっといじっただけで、もう勃った」

「うう、うっ……ん……」

「最近は巨乳好きが多いが、俺は、巨乳で鈍いのよりは小さくても敏感な方がいい。あんたは合格だ、先生。……こっちも触ってほしいか？」

やめろ、と言おうとしたが、タオルを噛みしめるのをやめた瞬間、大声をあげてしまいそうだ。あげる声が助けを求める悲鳴ならいいが、甘い嬌声《きょうせい》だったらと思うと恥ずかしくて、とてもタオルを離せなかった。

瑛が身をよじるだけで拒まないのをいいことに、竜樹は硬く尖《とが》った乳首を軽くはじいたり、つまんだりして弄《もてあそ》ぶ。自分の指を舐《な》め、唾液《だえき》でぬるぬるにしてからこね回されると、もうどうしようもなかった。前立腺からの快感ほど強烈ではないが、竜樹の指が生み出す甘い疼きはじわじわと瑛を浸食していった。

「いい顔だな。普段のすまし顔もそそるけど、そのとろんとした眼、最高だ。その顔で外来をやったらどうだ、ご指名が増えるぜ」

体には抗《あらが》いがたいほどの快感を与える一方で、肺腑《はいふ》を刺す言葉を吐くのがこの男のやり方だろうか。反論できないほど感じてしまっているから、一層絶望感が強い。

今すぐ竜樹を突き飛ばしてここから逃げ出し、冷たい水を全身に浴びて、触れられた痕跡を洗い流したい。

頭では確かにそう思っているのに、腰は勝手に竜樹の突き上げに合わせて動く。熱く逞しい牡が前立腺に当たるように、あの激しい快感を味わえるようにと、体がくねる。

七年前の事件以来、誰とも肌を合わせることができなくなった瑛は、昂った時には自分で処理してきた。けれども性行為につながることすべてがあの事件を想起させ、射精はしても充分な解放感を味わうには至らなかった。いつも不完全燃焼に終わっていた。

その分を取り返そうとするかのように、体が意志を離れて快感を貪《むさぼ》っている。

熱い。腰が熱くてたまらない。

「ん、んんっ……ふ、ぅんっ……」

竜樹が腰を揺さぶり上げる速度を速めた。突き入れるたび、先端を瑛の粘膜へこすりつけるように動かす。

「どっちに、ほしい。外か、中か」

動きと、笑い混じりの問いかけが意味するところを知って、瑛は引きつった。噛みしめていたタオルを離し、声を抑えて必死に懇願した。

「やめてくれ、頼むから……もう、いやだ……‼」

「聞こえないな。俺は、中に出すのと外出しでぶっかけられるのと、どっちがいいか訊いてるんだ。早く答えないと時間切れになるぞ」

こんな選択などしたくない。だがためらう間にも、竜樹の突き上げは一層荒々しさを増す。時には前立腺の裏をえぐり上げるように突いてくる。

甘い喘ぎがこぼれそうになるのを耐え、瑛は夢中で頼んだ。

「外……外に、してくれっ……」

以前犯された時は腿にかけられた。それだけでも屈辱を感じたが、濡らしたティッシュで拭き取れば一応痕跡は消えた。今こうして再び竜樹を受け入れていることさえ耐えがたいのに、性欲の凝結を自らの中へ注ぎ込まれるなど絶対に認められない。

瑛を責め立てる竜樹の瞳に、勝ち誇った笑みが浮かんだ。

「じゃあ、中だ」

「……っ！」

約束が違う、と言う暇さえなかった。首が折れそうにがくがく揺れる勢いで二度、三度と突き入れられたかと思うと、熱い液体が瑛の中に広がった。

「……あ……ぁ、あ……」

瑛はなすすべもなく喘いだ。

竜樹が荒い息をこぼして覆いかぶさってきた。自分を貫いたままの牡はびくびくと震え、これでもかというほど大量の液をほとばしらせる。しかもその勢いと熱さに腰が反応し、一瞬遅れて瑛自身も射精してしまった。

騙された悔しさと、抵抗しきれず達してしまった情けなさ、認めたくはないけれど認めるしかない、快感に浸食された自分の体——どうしていいかわからない。

呆然と横たわっている瑛の耳に、せせら笑う声が吹き込まれた。

「外に出したらシーツが汚れるだろう。風呂《ふろ》かトイレまで持っていって処理するんだな。気を抜いたらこぼれてくるぞ。そうそう、あんたが出した分は自分で拭いて始末しろよ」

「……」

「返事はどうした。それとも余韻に浸ってるのか？　二回もイったくらいだしな。ふん、職場のベッドでよくやるぜ。まあいい、俺の気が向いたらまた可愛がってやるよ、先生」

瑛は天井を見上げたまま、答えなかった。凍りついた思考の中で、たった一つの思い――竜樹への憎しみだけが、ゆらゆらとうごめいていた。

（一回きりだ。医師として、いや、人として許されないことだけれど……）

医学部在学中に受けた、医療倫理学の講義が脳裏をよぎる。有名な『ヒポクラテスの誓い』は、原文のままだと現代の医療事情にそぐわないけれど、それを修正した、医師としての心構えは、医学生なら誰でも一度は教えられる。

その中に、『私はいかなる要因であっても、私の職務と私の患者との間に干渉することを許さない』という項目があった。医師である限り、患者の性別、国籍、宗教などにかかわらず、たとえ相手が麻薬や銃を手にした犯罪者であっても、私心なく治療に当たらねばならない。

その誓いを、瑛は破ろうとしていた。

（たった一度だ。これから先、自分の一生を私心なく、医療に捧《ささ》げる。金も地位も名誉もいらない。だから……だからその代わり、ただ一度だけ……）

黙り込んだ瑛が決意を固めたのも知らず、竜樹が揶揄してきた。

「ずいぶんおとなしくなったじゃないか。あんたは女を抱くより男に抱かれる方が向いてそうな顔だしな。気持ちよくて抵抗する気をなくしたか？」

瑛は口角を吊《つ》り上げ、形ばかりの微笑を浮かべた。

「気の毒だからね」

「何？」

「肺癌で、なんの手だてもなく死を待つだけの人の望みを、無下に拒絶するわけにもいかないだろう。だから言うことを聞いてやった。それだけだ」

返事はない。言葉の意味がすぐには脳に染み込まないらしい。

瑛は竜樹の顔を見つめていた。余裕ありげな笑みがこわばり、頬が血の気を失って白っぽくなっていくのは、復讐《ふくしゆう》心を満足させてくれる眺めだった。

何秒か何分かわからない間合いのあとで、竜樹がかすれ声をこぼした。

「治らない、ってことか……？」

「この前、背中が張った感じがすると言っていたが、あれは肺癌が第十二胸椎に転移したための痛みだ。佐上竜樹、肺癌のステージⅢ。周辺のリンパ節だけでなく、肝臓と脊椎にも転移している。わかるか。お前は末期癌なんだ」

「でたらめを……お前はこの前、俺に背骨のＭＲＩを見せて、転移はなかったと説明したじゃないか」

「あれがお前のＭＲＩだったとなぜわかる？　それにお前は素人だ。僕がでたらめを言わなかったと言いきれるか？　嘘をついた理由か、そんなの決まっているじゃないか。末期癌と知らせたら、自暴自棄になって闘病意欲を失うだろう。僕は、若くてもヤクザの幹部だし、腹は据わっているはずだから告知すべきだと主張したけど、カンファレンスで、告知せずに様子を見ることに決まったんだ。……可哀相に。自分のことなのに、蚊帳《かや》の外か」

「……嘘をつけ」

あまりにもありきたりな言葉だ。これがかつて自分に対人恐怖症を植えつけ、今回再びレイプという暴挙に出た男の台詞なのか。自分の顔に浮かんだ笑みが、暗い、けれども真実の笑みに変わっていくのを自覚しつつ、瑛は答えた。

「その通り。嘘だ」

「貴様！」

竜樹が怒りに顔を歪め、瑛の襟元をつかんで締め上げる。からかわれたと思ったらしい。だが本当の復讐はここからだ。喉を締め上げられる苦痛を味わいながらも、瑛の微笑は消えなかった。口調を担当医が患者に向ける優しいものに変えて、話を続けた。

「佐上さん、大丈夫です。あなたの癌は治りますよ。まだ初期の段階です。放射線治療の副作用など苦しいこともありますが、がんばって治療を続けましょう」

「……」

「どうしました？　何か不安なことでも？　なんでも言ってください。患者さんの治療のために、僕は医師としてできる限りの手を尽くします」

竜樹の手が白衣の襟から離れた。

「どっちなんだ？　本当は、どうなんだ」

わななく声と迷う瞳が心地《ここち》よい。瑛は体を起こして衣服を直し、優しく問い返した。

「何がですか？」

「俺の癌は末期なのか⁉　治るのか、治らないのか‼」

「治すための治療です。大丈夫ですとも」

「嘘だ、本当は末期なんだろう！　もう治らないのを知っているから、お前は……‼」

ベッドから下りた瑛に竜樹がつかみかかった。胸倉をつかんで壁に叩きつけたあと、引き起こして体を揺さぶる。

「どっちが本当だ。正直に言え。もう一度犯すぞ」

吐息がかかるほど近い。他人に触れられることが嫌いな瑛にとって、恐怖と嫌悪で吐き気を覚えるはずの体勢だった。だが今は違う。この場を支配しているのは自分だ。

「そうしたければ、どうぞ」

「……っ……」

竜樹が唇を噛む。その苦渋の表情に、瑛は限りない優越感を味わった。

もはや自分がどう返事をしたところで、竜樹は信じられないだろう。犯された意趣返しで末期だと嘘をついたのか、あるいは隠すはずの事実を告げたのか。悩み続けるに違いない。

これが自分の復讐だ。

騒ぐ声が響いたのか、病室のドアがノックされた。深夜勤の看護師が顔を覗かせる。

「佐上さん、大きな声を……どうしたんですか！」

胸倉をつかまれ壁に押しつけられている瑛と不穏な表情の竜樹を認め、看護師は立ちすくんだ。我に返ったらしく、竜樹が手を離した。瑛は不安げな看護師を見やってにっこり笑ってみせた。

「神経が高ぶって眠れないらしい。……佐上さん、どうします？　眠剤を飲みますか？　ゆっくり体を休めることが今は一番の薬ですからね」

「……いるか、そんなもの」

「大丈夫ですか？　ずっと寝ていると腰や背中が痛くなることが多いので、遠慮なく言ってくださいね。痛み止めを処方しましょう。できる限り患者さんの苦痛を取り除くのが、我々医療従事者の役目です。もっとつらくなれば、ペンタジンを使うこともできますよ」

かつて自分が診療所へ盗みに入った薬剤の名前は、忘れていなかったらしい。竜樹の顔が歪んだ。けれども返事はない。

「いりませんか？　では、おやすみなさい」

大声で笑い出したいのをこらえ、瑛は優しく微笑《ほほえ》みかけて病室を出た。あとからついてきた看護師が、話しかけてくる。

「籠宮先生、今日は当直じゃありませんよね？　隣の部屋から、佐上さんが騒いでいるとナースコールがあったんですけど……先生がいるとは思いませんでした」

「昼間に佐上さんが少し不安そうな様子だったのを思い出して、なんとなく気になって様子を見に行ったんです。案の定、癌ノイローゼというのかな。一人で考え込んで不安になっていたようですね。こっちが丁寧に説明すればするほど、『本当は末期だろう、治らないのを隠しているんだろう』って興奮してしまって、つかみかかられてしまって。伊藤《いとう》さんが来てくれて助かりました」

「いやですねえ。あの人、暴力団の幹部なんでしょう？」

「でも癌という病名を聞いて神経質になるのは、誰でも当然ですから……っ！」

心にもない台詞を言った時、瑛は自分の身体に異常を感じて息を詰まらせた。竜樹が自分の中に放った液体が、歩いた振動で後孔からこぼれ出たのだ。下着が濡れるのがわかった。

「どうしました、先生？」

「いえ……しゃっくりが出そうになって。大丈夫です」

適当にごまかした。あふれた液体が内腿を伝う感触が気持ち悪い。下着だけでなくズボンまで汚れてしまっただろうが、幸い自分が着ているのは長白衣だから、尻や腿の半ばまでは隠れる。外までしみ出して人に気づかれることはないだろう。看護師との話をさっさと切り上げ、トイレに入って拭き取ればすむし、医局のロッカーには泊まり込みに備えて一通りの着替えを置いてある。

「本当に大丈夫ですか？　さっきも胸倉をつかまれていたし……籠宮先生は、ほら」

「対人恐怖のことですか？」

看護師が何を言いたいかの見当はつく。瑛は微笑してみせた。

「怖いことは怖いですよ。でも克服しないとね」

不思議なことに、吐き気も悪寒もほとんどない。胸倉をつかまれるどころではなく、その前には力ずくで犯されたのだ。行為の間は嫌悪感を通り越して凍りついていたにせよ、終わったあとで病室の床に吐き散らしていてもおかしくなかった。

そうならなかったのは、途中で復讐の決意を固めたせいだろうと思う。

心理的に自分が絶対の優位に立ったからこそ、つかみかかられ、喉を締め上げられても平気でいられた。

(担当のナースや外科部長に病状を尋ねるかもしれないな。それとも組員に言って僕を脅させるか……いや、大丈夫だ)

ガーゼ交換の時にわざわざ刺青を見せびらかした行為から考えて、竜樹はヤクザらしい自己顕示欲を持っている。癌が末期か初期かとうろたえる様子はみっともなくて、とても仲間に見せられまい。医療スタッフに相談したとしても、その言葉を信じるには、相手との深い信頼関係が必要だ。それを持たない竜樹に、『本当は末期癌で助からないのに、こいつも自分に告知しないだけじゃないのか』という疑いから逃れるすべはない。

竜樹に今後、安らかな眠りが訪れることはないだろう。

(……僕も同じことだけれど)

医師として、人として、許されざる行為をした。今は憎悪が自分を支えているが、徐々に良心の痛みが増すだろう。だがそうなるとわかっていても、言わずにはいられなかったのだ。

(どうせ今までだって、気持ちよく眠ることなんてできなかった。だったら同じだ)

後悔はなかった。——少なくとも、今は。

3

もちろん竜樹が、このまま黙って引き下がるはずはなかった。

それから四日が過ぎた午後のことだ。外来患者の検査を終えた瑛は、病棟へ急いでいた。別に呼ばれてはいないが、仕事を早く片づけるに越したことはない。

(千葉《ちば》さんの生検結果がそろそろ出る頃だ。それから木村《きむら》さんに退院の話をしないと。ここへ通院するには家が遠いから、近くで開業している先生のところを紹介して……)

考えながら歩いていると、突然背後に人の気配を感じた。

振り返る暇もなかった。大きな掌で口を塞がれ、腕ごと抱きすくめられた。

「……っ!」

瑛の呼吸が一瞬止まった。他人に触れられる恐怖と嫌悪に全身が凍りつく。

自分を抱きすくめる腕は、病院お仕着せのパジャマの上に見覚えのあるカーディガンを着ている。入院患者でこんな真似をするのは一人しかいない。佐上竜樹だ。

竜樹はすぐそばの職員トイレのドアを肩で押して開けた。中に誰もいないのをいいことに、瑛を個室へ引きずり込んで鍵をかける。

口を塞いでいた手を外され、瑛は無意識に大きな息を吐いた。他人に抱きすくめられたショックでうまく呼吸できなくなっていたが、この一息で少し落ち着いた。首をねじって背後の竜樹を見上げ、なじった。

「ずっと尾行して、隙《すき》を窺《うかが》っていたのか」

また襲われるかもしれないと思い、用心はしていた。

あの夜以来、竜樹は女性を部屋に引き入れることがなくなったようだ。病院の規則を尊重するとは思えないから、自分が末期癌かどうか悩み、女性と楽しむ心の余裕がなくなったのだろう。だがその分、本人が自覚しているかどうかは別として、性的な欲求不満がたまっているに違いない。嘘かどうかわからない告知をした瑛への怒りもあるはずだ。

仕返しに犯される危険を考え、竜樹の部屋を訪ねるのは病院のスタッフや患者が廊下をうろうろしている時間帯を選んでいた。

だがこんなふうに、廊下で襲われるとは思っていなかった。

「気分転換に外へ煙草を吸いに出た。病室は禁煙だとか、肺癌なのに煙草を吸うなって看護婦がうるさいし、喫煙所で他の患者どもと顔を突き合わせるのは鬱陶《うっとう》しいからな。そしたら隙だらけで歩いてるあんたを見かけたってわけだ」

「トイレに人がいたらどうするつもりだったんだ」

「どうにでもなるさ。あんたが必死で言い訳を考えるはずだ。……患者とこういう仲だってのを、同僚に知られたくはないんじゃないか？」

「やめろっ……！」

竜樹の手が衣服の上から瑛の股間を鷲《わし》づかみにした。やわやわと微妙な刺激を与えてくる。

「放せ、馬鹿な真似はやめろ！」

「そのわりにろくな抵抗をしないな。本当はあんた、男に犯られるのが好きなんだろう」

「違う、僕は……‼」

竜樹の腕を振りほどけないのは、体がすくんで動かないせいだ。けれども胸が苦しくて、そのことを説明する余裕さえない。

「本気でいやなら、言え」

「な、何を……」

「俺の癌は治るのか、それとももう手の施しようがないのか。どうなんだ」

その瞬間、瑛を縛っていた呪縛《じゅばく》が解けた。

自分が撒《ま》いた悪意の種は、竜樹の心にしっかり根を下ろしている。対人恐怖症の自分が、今こうして押さえ込まれて味わっている以上の恐怖を、竜樹は感じているのだ。居丈高な態度はその裏返しに違いない。

小さく笑い、口調を患者に対するものに改めて、瑛は答えた。

「もちろん治りますよ。そのための治療です」

「綺麗ごとを訊いてるんじゃない、本当のことを言え！」

「治ります。放射線治療の副作用が出ることがありますが、癌を治すためです。がんばりましょう。不安ですよね。癌という病名がつけば怖いのが当たり前です。それなのに他の誰にも本音を言えないで、お気の毒に。……つき添いの若い人にでも言ってはどうですか、末期癌かどうかわからなくて怖いよ、助けてって」

瑛は一層笑みを深めた。自分がここまでひどいことが言える人間だとは思わなかったが、竜樹を前にするとすらすらと口から出た。顔にはきっと、実のこもらない作り笑いが浮かんでいるはずだ。

組員の瑛に対する態度が変わらないところを見ると、竜樹は嘘の告知について一切喋っていないらしい。暴力団の直系若衆という立場で、下の者に弱みを見せたくないのだろう。

「こいつ……‼」

竜樹が怒りの呻きをこぼした。瑛の白衣をたくし上げ、ズボンと下着を引き下ろす。

「壁に手をついて尻を突き出せ。……人を馬鹿にするのもいい加減にしろ、男に掘られて喜んでケツを振る牝犬《めすいぬ》のくせに」

瑛は言われるまま、壁の方を向いた。背後で衣服をごそごそする気配がした。竜樹が自分のズボンをずらしたか、自分自身をつかみ出したのだろう。

大きな手が瑛の双丘を鷲づかみにし、左右に開いた。

熱く硬いものを後孔にあてがわれて、瑛は息を詰まらせた。それでなくても他人に触れられて全身の筋肉が緊張している。竜樹は強引にねじ込もうとするけれど、入らない。

「くっ……」

竜樹が瑛の肩をつかんで自分の方を向かせ、強く押さえてひざまずかせる。

タイル床に膝をついたらズボンが汚れるだろうな、という思いが一瞬瑛の頭をかすめた。

そのあとで、自分でもおかしくなった。口を犯されようとしているのに、ズボンが汚れる方が気になるのはどういう心理だろう。

「しゃぶれ。たっぷり唾《つば》をつけないと、痛い思いをするのはお前だぞ。……殺されたくなかったら、歯を立てるな」

自分を見下ろす瞳に焦燥と不安の色を認めた瞬間、瑛は自由に息ができるようになった。

暴力で自分を押さえつけ支配しているように見えても、嘘の告知は竜樹の心に鉄の枷《かせ》のように深く強く食い入っているらしい。目の前に突きつけられているのは、しゃぶるどころか見たくもない代物だ。それでも精神的に優位に立っているのは竜樹ではなく自分だと思えば、どうにか耐えられる。だから床の汚れの方が気になったのだろう。

自分の心理を分析しつつ、瑛は竜樹の肉茎に手を添えた。くびれ部分をひとまず舌先で軽く舐めてから、せせら笑う。

「死の不安に怯えて、医者を襲って気を紛らせることしかできないんですか。末期でもなんでもないのに、お気の毒に。これが銀バッジをつけた直系若衆の姿と知ったら、組の方々はどう思うでしょうね？」

「この野郎……その俺にぶち込まれてアンアンよがってたのは、どこの誰だ！」

すぐに思い知らせてやる——そう呻き、竜樹は瑛の髪をつかんで頭を押さえた。喉元深くまで押し込まれてむせそうになりながらも、醒めきった気持ちで瑛は、まだ昂りきらない竜樹の牡に舌を這《は》わせた。

口淫は初めてなのでどうすればいいのかよくわからない。とりあえず、同じ男同士なのでこのあたりは敏感だろうと、鰓《えら》の下や丸い先端を刺激してみた。

しかし所詮《しょせん》はいやいやながらの行為だし、不慣れだ。

「……下手糞《へたくそ》が」

不満そうな声が降ってくる。

「全然だめだな。どこが敏感かもわからないのか、医者のくせに」

「そんなこと、医学部の授業では習わない」

「もういい。とにかく唾をたっぷり塗りつけろ。……よし、立て。白衣が邪魔だ。自分からめくるとか、もっと気を利かせろよ」

再び壁の方を向いて立たせた瑛の後孔をほぐそうともせず、竜樹は強引に押し入ってきた。

「……ん、ぅーっ！」

袖を噛み、瑛は声を耐えた。

無意識にこわばる全身の筋肉に対し、そっと息を吐いては、緊張をゆるめて力を逃がすように持っていく。今まで犯された時の経験で、楽にすませたければ息を吐いて体の力を抜けばいいとわかっていた。

(怯えるな……怯えているのはこいつの方だ。僕が教えた嘘にぐらついて、死の恐怖に負けて、こんな真似をしているんだ。僕はこいつに支配されてなんかいない)

自分の対人恐怖症は、他人から一方的に触れられること——すなわち主導権を握られ支配下に置かれることで発現する。何をされるか、どんな目に遭うかわからないと不安に思うから怖い。だからこそ瑛の方から触れる場合には、気分が悪くなることはない。

(こいつがすることなんて、もうわかりきっているじゃないか)

自分にそう言い聞かせることで、瑛は精神の平静を保とうとした。効き目が現れたのか、後孔の緊張が解けた。その機を外さず、竜樹は深々と突き入れてくる。

「んっ、ん……ぅっ……」

粘膜が引きつる痛みはあったが、自分が塗りつけた唾液が潤滑剤の役目を果たすため、耐えられないほどの激痛ではなかった。何よりも自分に言い聞かせて対人恐怖症による筋肉のこわばりを解いたのが大きい。ただしこの方法は諸刃《もろは》の剣《つるぎ》だった。

心がゆるんだ隙を突いて、粘膜からの快感が意識を食い荒らし始める。

「くぅ、んっ！　ふ、ぅうっ……」

前立腺の裏を何度も突かれて、瑛の体ががくがくと揺れた。突き上げられるたびに腰がほてり、その熱は前へ集まって瑛を昂らせた。

「どうした、感じてるじゃないか。やっぱり好きなんだな」

違う、と言いたかったけれど、くわえた袖を離したら、甘い喘ぎがこぼれそうだ。布地を噛みしめて声を殺し、首を左右に振って否定を示すことしかできない。

そんな仕草で竜樹がやめてくれるはずはなかった。なお一層荒々しく、瑛の内部を穿《うが》つ勢いで責めてくる。さらに、前に回した手が瑛の昂りをつかまえた。

「……っ！」

「相変わらず、後ろだけで気持ちよくなれるらしいな。もう半勃ちか。……大サービスだ、今日はこっちも可愛がってやる」

瑛の返事も待たず、しごき始める。

「ヤクザや刺青を馬鹿にしているくせに、そのヤクザに突っ込まれて感じまくってるのか。恥ずかしくないのか、淫乱医者」

「く、ぅっ……」

返事をする余裕はない。口を開いた瞬間に嬌声がこぼれるのではないかと、不安になる。

瑛は布地を噛み裂いてしまいそうなほど、力を込めて白衣の袖を噛みしめた。

瑛の口淫を下手だと罵っただけあって、竜樹はどこをどう刺激すれば感じるのかを承知しているらしい。瑛の肉茎はたちまち硬くそそり立った。そのことも悔しいが、後孔の責めが瑛にとってはもっとつらかった。前立腺をこすられるたび、快感で全身がほてる。その熱が、緊張によるこわばりを溶かしていく。

(い、いけない。どうして、こんな……)

他の相手ならまだしも、竜樹に貫かれて感じている自分自身が情けないし、許せない。

(反応してはだめだ……勤務中で、しかも場所が場所なのに……)

この前は夜更けの個室だった。壁には多少の厚みがあったし、巡回時刻さえ外せば看護師が入ってくる心配もなかった。だが勤務時間内の職員トイレには誰がいつ来てもおかしくない。

病院スタッフや患者たちがこれを知ったらどう思うか。他人からの握手にさえ顔をこわばらせる自分が、こともあろうに勤務中に犯されてよがっているのだ。『今までの対人恐怖症は演技だったのか』とか『セックスだけは平気らしい』などと疑われ、非難されるに違いない。ちらっと想像するだけでも、恥ずかしくて、身の置き所がない気分になる。

けれども反応するまいと思えば思うほど、与えられる愛撫を強く意識してしまう。

貫かれた後孔も、しごき上げられる肉茎も、気持ちよくてたまらない。竜樹の牡に内部の

しこりを押されるたび、熱く甘く腰がとろけ、足の力が抜けそうになった。肉茎はすでに限界に近いほど張りつめ、先端から蜜《みつ》をしたたらせている。その蜜を敏感な粘膜へ塗り広げられると、快感で腰が勝手にびくびく震えた。

「う、ぅう……ふぅっ！　ん、ん……‼」

壁に手をついてはいても、しっかりとつかまれる場所はなく、指の関節が白くなるほど力を入れて壁に体重を預け、背後からの突き上げに耐えるしかなかった。

自分はいったい竜樹に勝っているのか、負けたのか。心理的には優位に立っているけれど、体はいつも竜樹の思うままにされてしまう。七年前は暴力で従わされ、今は快感で支配されている。

（だめだ、考えるな……）

今はただこの時間をやり過ごせと、瑛は必死で自分に言い聞かせた。

やがて竜樹の息遣いが一段と荒くなった。瑛の耳元に唇を寄せ、囁いてくる。

「今日は選ばせてやる。中に出すのと外にかけるの、どっちがいい」

「こ……この前は、無視したくせにっ……」

「だから『今日は選ばせてやる』って言ってるんだ。心配するな、言う通りにしてやる」

嚙んでいた袖を離してなじった瑛に、竜樹が笑う。何かを企《たくら》んでいるような声音が気になったが、黙っていても仕方がない。

「……そ、と……外に……あっ、あぁう！」

えぐるように突かれただけでなく、弄ばれている肉茎の先端、尿道口へ爪を立てられ、思わず大きな声が出た。瑛は慌てて袖をくわえ直した。

「いいだろう。外だな……出すぞっ」

乱暴に引き抜かれた。後孔の粘膜から、電流に似た刺激が脳天まで突き抜けた。同時に、竜樹の手が瑛自身を強くしごき上げる。

「……‼」

瑛は白衣の袖をくわえたまま、体を強く突っ張らせて達した。

一瞬遅れて、腰から尻にかけて熱い液体がかかるのを感じた。今回は、外に出すという約束を守ってくれたらしい。これならあとで、ペーパーで拭き取ればすむ。壁にもたれて瑛は安堵《あんど》の息を吐いた。

だが何かで腰を強くこすられ、拭い取られる感触があった。紙の肌触りではない。布だ。ハッとして振り返ると、自分が着ている白衣の裾を竜樹が持っているのが見えた。

「な、何をしてるんだ……⁉」

血相を変えた瑛にニヤニヤ笑いを向け、竜樹は自分自身の先端までもを白衣で拭い、パジャマのズボンを直して身仕舞いをした。

「希望通り外に出した上、わざわざ拭き取ってやったんだ。ありがたく思えよ。勤務時間中に患者と盛ってるド淫乱の助平医者には、汁まみれの白衣がお似合いだろう」

素直に外で射精したのは、医師の象徴である白衣を汚して瑛を辱める目的だったのだ。

屈辱に体が震えたが、反論の言葉は出てこない。竜樹に嘘の告知をして医師の尊厳を捨てたのは自分自身だ。

「ざまあみろ。お前みたいな奴は……」

荒《すさ》んだ笑みを頬に貼りつけ、竜樹が何か言いかけた。

だがその時、トイレと廊下を隔てるドアの開く音が聞こえた。助けを求めるとでも思ったのか、竜樹はすばやく瑛の体を壁に押しつけて動きを封じ、掌で口を塞いだ。瑛は逆らわなかった。自分はまだズボンと下着をずらしたままの格好だ。

入ってきたのは二人のようだ。話し声がする。瑛と竜樹が気配を殺して閉じこもっている個室の方へは近づいてこず、並んで小用を足し始めたようだった。

「……それで外来が騒がしかったのか。田中先生も災難だったねえ」

「軽い打ち身だけだし、高い機材が無事でよかったとは言ってたけどさ。この頃はほんと、スタッフに暴力を振るう患者が多くて困るよ」

この声は耳鼻科の医師たちだ。外科と同じ火曜日が手術日なので、手術場の更衣室や休憩室でよく顔を合わせる。他の科の医師に比べると話をする機会が多く、声を聞き覚えていた。

耳鼻科外来で暴れた患者のことを話題にしているらしい。

「最近増えたわけでもないんじゃないか。今までは表沙汰にならなかっただけで……ほら、外科の籠宮先生。あの先生、昔患者にぶん殴られて対人恐怖症なんだってさ」

「それじゃ仕事にならないだろ」

「自分から患者に触るのは大丈夫だけど、他人から触られるのはだめらしい。手を握られたり肩を叩かれたりするだけでも固まっちゃって、ひどくなると吐くって。去年の忘年会で酔ったナースが抱きついたら、青くなってたそうだ」

「あー、籠宮先生は線が細くて神経質そうだもんな。……俺でも、外来主任あたりに抱きつかれたら青ざめそうだけど」

「お前、それ主任に聞かれたら踏みつぶされるぞ」

笑い声を響かせ、二人は出ていった。

ドアが閉まる音のあとで、竜樹が瑛の口を塞いでいた手を離した。意外そうに眉をひそめて尋ねてくる。

「あんた、対人恐怖症なのか?」

瑛は答えず、下着とズボンを引き上げた。あえて肯定するまでもない。竜樹が自分の仕草を思い返せばすぐに判断がつくはずだ。

白衣は脱いで、精液をなすりつけられた部分を内側にして丸めた。予備の白衣をロッカールームに置いてあるので、それに着替えるつもりだった。普通なら汚れた白衣は医局のランドリーバッグへ入れておく。病院で一括してクリーニング業者に渡し、洗濯済みのものが戻されてくるからだ。しかし今回ばかりは、家へ持ち帰って捨てるしかない。

「訊いてるんだ、返事をしろ」

竜樹が苛立たしげに言って肩に手をかけ、自分の方を向かせる。それだけのことで瑛の体は大きく震えた。返事としては充分だったようだ。竜樹が手を離し、眉をひそめた。

「本当らしいな。もしかして、俺に犯られたせいか？」

「他に何があると思ってる」

「七年も前だぞ？　そりゃ嬉しかないだろうが……たった一回突っ込まれただけで、そこまでショックを受けるもんか？　殺されかけたとかならともかく、たかが一発ヤっただけだ。……俺は男に犯られたことはないが、酔わされて女にまたがられたことならある。嫌いなタイプの女だったからむかついたが、後を引いたりはしなかった」

馬鹿にするのではなく、ただ理解できずに驚いているという口調だ。加害者でありながら、竜樹はまったく自分のしたことが重大だと思っていないらしい。だとしたら、瑛が『ヒポクラテスの誓い』を破ってまで復讐したことの重みも、理解できるかどうか。

瑛は深い虚無感に襲われた。

自分はいったい何をしているのだろう。患者や同僚からの親愛表現としてのスキンシップにさえ怯えるくせに、原因を作った憎むべきヤクザに犯されて、よがって射精している。おまけに医師としての誇りを自分で捨てて、復讐の言葉を口にした。

その結果が、これだ。自分は何一つ得られなかった。

不思議そうな顔をしている竜樹を見据え、瑛は捨て鉢な気分で言い放った。

「自分が平気だったから他人も大丈夫と思い込んでいるなら、お前は本当に頭が悪いんだ」

「なんだと！」

「考え方も行動も一人一人違うことを理解して、互いに譲り合うから社会が成り立つ。他人の心情を考えられない、考えようともしない人間は、社会生活に適応できない。人が何に痛みを感じるかなんて、それぞれに違うんだ。お前が今まで傷ついてきた理由は、すべて人から納得してもらえることだったのか。傷ついた経験なんかないのかもしれないけれど」

「……」

「お前は女性から逆レイプに近い真似をされても平気だった、僕は立ち直れなかった。……それだけだ。いちいち理由なんか訊いてくるな。さっきの話を聞いて、今までの態度を見て、それでも疑っているんだろう。だったら今更何を言ったって無駄だ。……第一、僕のことなんかお前にはどうでもいいはずじゃないか」

殴られるかと思ったが、竜樹は眉間に皺を寄せただけで何も言わない。

瑛は個室のドアを開けた。丸めた白衣を小脇に抱え、手を洗い、口をゆすぐ。顔を上げると、鏡の中に渋面のまま口を開く竜樹が見えた。

「だったら俺の話だ。どっちなんだ、末期なのか、治るのか」

「僕が答えたとして、信じられるのか？」

「……」

「まだ初期の段階ですから、治すために医療スタッフは全力を尽くします。すでに末期で何をしても治りません。……気に入る方を選んでくれ。それとも、誰か信頼できる医者にかかってその意見を聞くか。どうにでも好きにすればいい」

瑛は竜樹の返事を待たずにトイレを出た。ひどく虚《むな》しい気分だった。


日々の生活は続いていく。

外来、病棟、検査、手術などの日常業務をこなし、目が離せない容態の患者がいれば泊まり込みで治療に当たる。苦悶《くもん》する患者を乗せたストレッチャーを、看護師と一緒に押して病院の廊下を走る日もあるし、急変した患者の病室へ駆けつけ、鼓動を止めた胸に動けと念じながら、一分百回のリズムで心臓マッサージをする夜もある。もちろんそういう、病院ドキュメンタリーに出てきそうな派手な場面ばかりではなく、外来で、自分がいかに病気で苦しみ社会的に不当な扱いを受けてきたかを延々訴え続ける患者の話に、四十分以上も耳を傾けることもあった。

竜樹に対しては放射線治療が始まっていた。

土日を除く毎日、胸の病巣へ向けて一日2Gy《グレイ》の放射線を照射する。二週間近くがすぎ、胸の皮膚には乾燥性皮膚炎が生じていた。その他に全身的な副作用として、骨髄抑制による血液生成能力の低下が起きている。その結果貧血でふらつくだけでなく、凝固能力が落ちた分だけ出血しやすくなり、軽く鼻をかんだだけで鼻血が出て止まらなくなったり、ちょっとぶつけただけでも青黒い皮下出血斑ができたりした。

だが竜樹が痛いとか苦しいなどの弱音を吐くことはなかった。むしろ逆に、苦痛に負けまいと意地になっているように見える。

たとえばベッドから離れた場所に置いてある物を取りたいと思った時、つき添いに命じて持ってこさせればそれですむのに、竜樹が自分で立ち上がって取りに行こうとして、貧血のためふらついて転び、あちこちに内出血を作ったこともあった。気遣うつき添いの組員には、『この程度で音を上げて極道が務まるか』と言っていた。

ガーゼ交換の時に刺青を誇らしげに見せつけた姿を思い返すと、竜樹には見栄っ張りな面があると思う。特に下の者に弱みを見せたくないらしい。

(不便な生き物だな、ヤクザっていうのは)

瑛が嘘の告知をした時に見せた表情や、その後も末期癌かどうかを尋ねてきたことを思えば、不安や恐怖がないはずはない。けれども竜樹は立場上、自分の弱さを表に出すことができないらしかった。

もっとも瑛自身も人のことは言えない。対人恐怖症という後遺症を背負ってさえ、レイプされた一件を誰にも話せずに抱え込んでいるのだ。

その後も竜樹は、瑛の不意を突き、人目のないタイミングを見計らっては犯した。ただし最初に瑛を病室で犯した時や、トイレへ引きずり込んだ時のような荒々しさは薄れてきた。放射線治療が始まって疲れているのかもしれない。妙な関係だと思う。自分と竜樹のどちらもが加害者かつ被害者で、互いに秘密を共有している。

（これから、どうなっていくんだろう……）

放射線照射の効果が出るまで、手術のプランは立てられない。まだしばらくは、どっちつかずな状態が続くはずだった。

そんなある日の夕暮れ時、手術が終わって瑛は病棟へ急いでいた。

検査・手術棟と病棟をつなぐ渡り廊下は、窓から差し込む夕日で赤く染まっていた。

ついさっきまで手術場にいた身には、嬉しくない色だ。閉塞性動脈硬化症患者の手術結果が芳しくなかったので、余計にそう思うのかもしれない。血行が悪くなって腐り始めた脚を下腿中央で切断するという気の重い手術だったが、開いて見た動脈は予想をはるかに越えて詰まっていた。今後も壊死が進んで、膝上で再度切断することになる可能性が高い。自分の担当患者ではないけれど、いやな気分だった。

医業が単に金を稼ぐ手段であるなら、何度も再発したり重体になる患者は上客のはずだが、人間には心というものがある。他人のことでも容態が悪化すれば気が重くなるし、快復に向かうのを見れば嬉しい。綺麗に治って退院してくれるケースが、一番ほっとする。

(もうそんなことを言う資格は、僕にはないけれど)

自分が竜樹に嘘の告知をしたことを思い出すと、心が沈む。あの時はそうすることで竜樹に復讐し、体を犯され心を辱められた自分の矜持が守れる気がしたのだ。しかし結局は、なんの役にも立たなかった。

治療に手を抜いたわけではない。ただ末期癌だと言い、すぐにそれを否定してみせただけだ。だが患者の心の平安を奪った。薬や手術だけが治療ではない。精神は身体の症状と密接につながっている。医師倫理の立場から見れば、手抜き医療よりもずっと悪質だ。

考えをめぐらせながら渡り廊下を抜けた。外科の病棟はここより一階上だ。階段を上がりきって廊下へ出ようとした時、誰かがすっと瑛の前に踏み出し、前を塞いだ。

「……?」

偶然ぶつかりかけただけかと思い横へ一歩よけたが、相手の男も同じ方向へ動いて瑛の進路を塞ぐ。瑛は視線を上げた。

立っていたのは、肩幅の広い体を仕立てのいいスーツに包んだ男だ。

四十代後半ぐらいか、一流企業の部長クラスという雰囲気だが、毒蛇を思わせる凶暴さをにじませた瞳が、その印象を打ち消す。人の弱みを握ったら食いついて離れないという目つきだ。堅気の職業ではなさそうに思える。

男は瑛の白衣につけたネームプレートに視線を走らせ、確認してきた。

「失礼。外科の籠宮先生ですね？」

「はい、籠宮は僕ですが、何かご用でしょうか」

値踏みするように、瑛の頭から足元へ眺め下ろしたあと、男は名刺を取り出した。

「石谷といいます。佐上が先生にお世話になっているようで」

やはり暴力団関係者だった。差し出された名刺には、『錦竜興業』の名が麗々しく印刷されている。県警の平松が石谷を評していた言葉を思い出し、瑛はいやな気分になった。

「はじめまして。あいにく今、名刺を持っていませんので」

名刺を渡したい相手ではない。勝手に添え書きをされて使われたら大変だ。軽く頭を下げた瑛に、石谷は鷹揚《おうよう》そうに見える身振りで片手を振った。

「お気になさらず。先生のお名前は佐上やつき添いの若い者に伺っています。……佐上とは六分四分の兄弟でしてね。あいつには親兄弟がいないので、自分が一番近しい身内です」

「そうですか。それはそれは」

当たり障りのない相槌《あいづち》を返しつつ、瑛は警戒を崩さなかった。石谷はなんのために自分を呼び止めたのだろう。まさかとは思うが、竜樹は自分を犯したことをこの男に告げたのか。

うかつなことは言えない。墓穴を掘ってしまう。

「お忙しいでしょうが、できるだけお見舞いに行ってあげてください。身内の方の心遣いが患者さんの力になります。佐上さんの部屋は七〇一号です」

「やめておきましょう。自分が行けば佐上は気を遣う。それよりも先生に教えてほしいことがあるんです」

「なんでしょうか」

「正直言って、奴の病状はどうなんでしょうね。我々の仕事にはストレスが多いんでね。退院したはいいが、ちょっと働くとぶっ倒れる、という状態じゃ話にならない。元気に復帰できるのなら奴の椅子は空けておきますが、無理なら退職させて、治療に専念させるのも一つの方法だと思うんですよ」

言葉だけを聞けば、竜樹の体調を思いやって最善の方法を模索しているかのようだ。しかし瑛には、石谷の目つきが気に入らなかった。

「申し訳ありませんが、患者さんの病状を勝手にお教えするわけにはいきません。佐上さんにご自身の病状を詳しく説明してありますから、仕事に関してはご本人と相談なさってください。失礼します」

横をすり抜けて廊下へ逃げようとしたが、石谷はすばやく壁に手をつき瑛の逃げ道を塞いだ。

瑛の背中が不快と嫌悪にざわついた。誰か来てくれないかと願ったが、二人がいるのは廊下から一歩引っ込んだ階段だ。たとえ言い争っていたとしても、すぐそばまで来ないと気づいてもらえない場所だった。

石谷は粘りを帯びた口調で問いを重ねてくる。

「兄弟分だと言ったでしょう。俺は佐上のただ一人の身内だ。家族に説明するのは当たり前じゃないんですか？」

「ですから、佐上さんに直接……」

「だがあいつの病気は肺癌だ。早期だから治るという話だが、実際はもう助からないのを、本人が落ち込まないように隠しているとしたら、本人に訊いても無駄でしょう。どうなんですか、先生。本人の耳に入れたくない話だったらと考えて、先生を捜したんですよ。そうしたら組員に聞いていた通りの眼鏡美人が、渡り廊下を歩いてくる姿が窓越しに見えたんでね。あれが籠宮先生に違いない、この階段を通るはずだ、そう思ってここで待っていたんです。……この努力を買って、話してもらえませんかね」

にたりと笑い、石谷は壁についていない方の手を内懐へ入れた。脅しの仕上げに銃でも出す気かと思い、瑛は身をこわばらせた。が、石谷が出したのは分厚い封筒だ。

「そうそう、弟分が世話になっているのにお礼が遅れました。これはほんの気持ちです」

「せ、せっかくですが、そういうものは受け取れません」

「まあ、堅いことを言わずに」

石谷は封筒を強引に白衣のポケットへねじ込もうとする。

「いやだ……‼」

他人に一方的に触れられることへの嫌悪で、全身に鳥肌が立った。瑛は反射的に石谷の手を払いのけた。封筒が床に落ち、中身の一万円札がこぼれ出た。

石谷の顔から笑みが消えた。獲物をにらみ据える蛇の気配がむき出しになる。

「先生。人に恥をかかせるのはよくないな」

「……っ……」

「一度出したものは引っ込められない。まして床に這いつくばって拾うような真似が、できると思いますか」

「し、しかし……」

「拾え」

ヤクザの素顔をむき出しにして、石谷が命じてきた。

拾えば自動的に受け取らされてしまうだろう。ヤクザから金を受け取って、ただですむわけはない。だが拾わなければ『ヤクザに恥をかかせた』として因縁をつけられる。どうすればいいのかわからず、瑛はすくんだまま動けなかった。

だがその時、

「どうしたんです、石谷の兄貴。それに先生も、こんな場所で」

聞き慣れた声が響いた。瑛が振り向くと、病院のお仕着せにカーディガンを引っかけた竜樹が立っていた。足元はぺたぺた音が鳴るつっかけではなく、スニーカーだ。そのせいですぐそばに来るまで、靴音がしなかったらしい。石谷が軽く眉をひそめる。

「佐上、お前……病人が出歩いていいのか」

「兄貴の車が窓から見えたので、玄関までお迎えに上がろうと思って出てきたんです。それより床に撒くには豪勢すぎませんか。どうしました？」

「お前が世話になっている礼を言おうとしたら、はねつけられてな。たかが勤務医の若僧にこんな恥をかかされるとは思わなかった」

「堅い先生なんですよ、この人は」

言いながら竜樹は瑛の左肩をつかんで自分の背後へ引っ張った。庇《かば》われる形になって、我知らず瑛は安堵の溜息をついた。

「病院の規定で謝礼は受け取れないんだそうです。俺も渡そうとして断られました。主治医を脅さないでくださいよ、治療を受けられなくなります」

竜樹は身をかがめて封筒と散らばった中身を拾い集め、石谷に差し出した。石谷が苛立たしげな顔で首を振る。

「いったん出したものだ、もういい。お前が取っておけ。見舞金だ」

「ありがたく頂戴しておきます。……籠宮先生、さっきのアナウンス。手術に呼ばれたんじゃなかったんですか」

石谷に頭を下げたあと、竜樹は瑛に視線を移して言った。二人きりの時とは違って、患者が担当医に向かって喋る時の丁寧な態度だ。兄貴分の石谷にも、自分と瑛の関係を教えるつもりはないらしい。

「え、ええ。そうです。急がないと……失礼します」

呼ばれてなどいなかったが、この場を逃げ出せるのはありがたい。竜樹のでたらめを幸いに、瑛は早足で廊下へ出た。石谷は竜樹と話をしていて、追ってはこない。

廊下を歩きながら、思った。

(さっきの嘘……僕を庇ってくれたんだろうか)

竜樹は自分が、他人に触られるのが苦手だと知っている。だから石谷との間に割って入り、逃がしてくれたのだろう。

瑛は自分の肩口に視線を落とした。痕などもちろん残ってはいないけれど、ついさっき竜樹に強くつかまれた場所だ。大きくて節が太い竜樹の手は、力も強い。そのことはよく知っている。七年前も今回も、その手に押さえつけられて犯された。

けれどさっきは、助けてもらった。

(どうしたんだろう。なぜ僕を庇ったりした?)

竜樹にとって瑛は、嘘か本当かわからない告知で心の平安を奪った加害者のはずだ。入院してから二度目以降のレイプは、その報復に違いないと瑛は思っていた。だが本当にそうだろうか。思い返してみると、竜樹の態度には少しずつ変化が現れていた。

（……職員トイレでの一件以来だ。あれから、自分の癌が末期かどうかを尋ねなくなった）

それだけなら単に、瑛が本当のことを答えないと見極めをつけたせいと考えられる。けれども竜樹の変化はそれだけではなかった。瑛の内心を問う言葉が増えた。

ことが終わってぐったりした瑛の上に覆いかぶさったまま、

『今、何を考えてる。俺が憎いのか、それとも気持ちよくて何も考えられないか』

と呟《つぶや》いたこともあったし、廊下で行き会った時に瑛の腕をつかみ、緊張で体がこわばるのを確かめたあと、

『やっぱりだめか。昨日ヤった時は、感じてよがってただろう。同じ相手の俺につかまれて、なんでガチガチに緊張するんだ。……何が気に入らない？』

納得できないと言いたそうな表情で詰問してきたこともあった。

自分はいつも返事をしなかった。瑛自身にも答えはわからなかったのだ。だからそれ以上深く考えることはしなかったけれど、考えてみれば妙だ。なぜ竜樹は、瑛の気持ちに踏み込んだ問いかけを繰り返すようになったのだろう。

『俺が憎いのか』

自分に覆いかぶさり、そう尋ねてきた竜樹の声は重く沈んでいた。自分の肩口に顔を押しつける姿勢だったから、表情は見えなかったけれど——。

(最初の頃は勝ち誇っていたのに、なぜだ？　自分のしたことを反省して、被害者の心情を考えようとしている、とか……まさか。そんな殊勝な男のわけがない。第一それなら、普通に話をするだけでいいじゃないか)

自分を犯すのをやめない以上、竜樹が反省しているわけはない。たとえ悔いていたとしても、もう遅い。自分は復讐のため、医師として許されない嘘をついた。

つかまれた左肩に、竜樹の体温が残っている気がする。本来なら他人の体温は自分にとって不安を呼び起こすものでしかない。まして竜樹はその原因を作った張本人だ。それなのに、竜樹の背に庇われ石谷の視線から逃れられたことを思い出すと、ほっとする。

(どうしてなんだ。そんな間柄じゃないはずなのに)

変わったのは竜樹か、それとも自分なのか。答えは見つからなかった。

その後も、二人の関係が他人に知られることはなかった。竜樹が人目のない場所と時刻を選んでいたせいだろう。

とはいえ直接現場を見られなくても、微妙な気配は漂うらしい。

外科の手術日に当たっている火曜、最後の胆嚢《たんのう》摘出術が終わって、更衣室で手術着から元の白衣姿に着替えている時だった。

「籠宮先生。最近疲れてるんじゃないか？」

ネクタイを締め直す瑛を見やり、辻がケーシー型の白衣に袖を通しながら尋ねてきた。

手術に入った外科医は全部で三人いたが、もう一人はさっき手術が終わった患者の主治医なので、麻酔科医が患者の麻酔が覚めて病棟へ戻してもいい状態になったと判断するまでは、手術室に残っている。そのため今、更衣室には辻と瑛の二人きりだった。

「別に……普段と変わらないつもりですが」

「そうだな、疲れてるっていうのとは違うな。ピリピリしてる。何かあっただろう？」

「……そんなふうに、見えますか？」

心当たりがあるだけにうかつな返事ができない。質問返しで時間を稼ぎ、瑛は辻の表情や言葉から真意を探ろうとした。

「見える。先生はもともと神経質……いや、繊細なところがあるけど、近頃は特に張りつめたような雰囲気だよ。精神的に危うくなってる感じがする。外来でも病棟でも、無茶を言う患者に優しすぎるんだよ。俺の経験上、そういう時ってのは追いつめられてるよ。……ＬＫが入院してきてからだ。ヤクザだし、厄介な目に遭ってるんじゃないか？」

対象の名前を出さずに病名で辻は言ったが、佐上竜樹を指しているのはすぐわかる。がさつで大雑把だと思っていた辻の思わぬ観察力に、舌打ちしたくなった。

「別に何も。ああいう職業の人は上に行くほど礼儀正しくなりますから。若いけど幹部には違いないし、大丈夫ですよ」

「ナースに聞いたぞ。病室に女を連れ込んでいたらしいって」

「いきなり病名を告知されて不安で、苛立っていたんでしょう。最近は何も問題行動はありません。世話をしに来る若い人にも、よく言い聞かせているみたいです。大丈夫です。少し疲れているだけで、佐上さんにはなんの関係もありません。……お先に、失礼します」

先に着替え終わった瑛は強引に話を終わらせて、更衣室を出た。

けれども辻は納得していなかったらしい。急いで着替えたのか、ケーシーのボタンが一つ留まっていないままの格好で、廊下を走って瑛を追いかけてきた。

「待てよ、籠宮先生」

人気のない医局棟の廊下で、追いつかれた。あまり避けるとかえって疑惑を深めてしまうと思い、仕方なく瑛は足を止めて振り返った。辻が言いつのる。

「なぜそんなにムキになる？　俺は、最近様子がおかしいと言ったんだ。体調が悪くて疲れ気味とか、研究症例が集まらないとか、いくらでも原因はあるだろう。それなのに一人の患者のことだけを詳しく喋って、最後の結論は『関係ない』。おかしいじゃないか」

喋りすぎたことを瑛は悔やんだ。自分では普段通りの態度を貫いているつもりでも、ボロが出てしまったようだ。

　答えず視線を逸《そ》らした瑛の腕を、辻が鷲づかみにした。

「先生、手……‼」

　瑛は全身に鳥肌が立つのを覚えた。相手が辻だからではない。誰であっても、一方的に接触されると悪寒と吐き気に襲われ、息が苦しくなる。辻はそれをよく知っているはずなのに、瑛の腕を離してはくれなかった。

「正直に話してくれ。佐上に何かされたんだろう。あいつはヤクザだ、関《かか》われば関わっただけ面倒なことになる。力になるから俺に隠しごとをするな、篭宮」

　力になると綺麗ごとを言っても、瑛の対人恐怖症を利用して喋らせようとするやり方は、脅迫以外の何物でもない。腹立たしいが、情けないことに身体的な反応を止められない。不快感が吐き気に変わって胃から突き上げてくる。

「は、離してください、先生」

「あのヤクザに何をされたか、正直に言え。そうすれば俺も……」

「吐き、そう……」

「えっ」

　つかまれていない方の手で口を押さえた瑛の仕草を見て、辻がとまどった声を出した。瑛の脚から力が抜け、がくりと膝が折れる。

「ちょっ……顔、真っ青だぞ。本気か？　大丈夫か？　おい！」

辻が慌てた口調で言い、手を伸ばして瑛を支えた。善意なのだろうが、その手の感触さえもが今の瑛には気持ち悪くてたまらない。

「離してください……‼」

吐き気をこらえ、瑛は夢中で辻の手を払いのけて逃げ出した。名を呼ぶ声は聞こえたが、辻が追ってくる気配はなかった。対人恐怖症の瑛をあまり追いつめて、本当に吐いてはまずいと考えたのかもしれない。

廊下を走って逃げた瑛は、そのまま屋上まで階段を上がった。何をするというあてはないが、まだ吐き気がおさまらないし、動悸《どうき》が激しい。今の状態で医局や病棟へ行って、同僚の医師やナースと顔を合わせたくはなかった。

屋上で風に当たって、少し落ち着いてから仕事に戻ることにした。病棟の屋上は洗濯物を干す場所として利用されているが、医局棟なら誰もいないだろう。

階段室のドアを開けると、鮮やかな夕映えが目に飛び込んできた。その色に吸い寄せられるように、瑛は屋上を横切ってフェンス際へ歩いた。

西の空には綿をちぎったような雲がいくつも浮かび、その間から太陽がなごりの日差しを街に投げかけている。逆光で影になった雲の縁だけが金色に光っているのも、柑子色《こうじいろ》に染まった街にビルが長い影を落とす眺めも、美しかった。

だが一人になれると思ったのは間違いだった。

人の気配を感じ、瑛は横を見やった。途端に、凍りついた。

二メートルほど離れたフェンス際に、寝間着にカーディガンを引っかけた佐上竜樹が立っている。階段室の戸口からは、給水タンクの陰になって見えなかったのだ。

「よう」

くわえていた煙草を離し、竜樹が声をかけてきた。

「顔が青いぞ。犬に追われた兎《うさぎ》が大慌てで薮《やぶ》へ逃げ込んだら、今度は狐《きつね》に出くわしたって雰囲気だ。何があった」

「何も……」

弱みを見せまいと、瑛は居丈高な口調で竜樹を咎《とが》めた。

「なぜここにいるんですか。医局棟は、関係者以外立入禁止です」

「堅いこと言うなよ。病棟の屋上にはいつも洗濯婆ァや子供がいてうるさいんだ。誰もいないんだから使ってない場所だ。俺がここで外を眺めたって構わないんじゃないか?」

「個室なんですから、自分の部屋で見ればいいでしょう」

「窓で四角く切り取った景色を見たいわけじゃない。それに看護婦や若い者がしょっちゅう様子を見に来てうるさい」

「看護婦ではなく今の呼び名は看護師です。それと煙草。そんなものを吸ったら、放射線治療が無意味になりますよ」

竜樹はこれ見よがしにもう一度煙草をくわえ、街に視線を向けた。

「どうせ、死ぬんだろう?」

「……誰でもいずれは死にます」

ようやく平静さを取り戻し、瑛は言葉を続けた。

「ちゃんと治療すれば治るのに、その煙草一本で一歩ずつ確実に死の淵《ふち》へ近づいていきます。死の恐怖に怯え自棄になって、自分で病状を悪化させているのかもしれない。ご自身の命ですから強制はしませんが、医療スタッフに余計な手間を取らせて、一生懸命生きようとしている人の治療を邪魔することだけは、やめてください」

「ひどい医者だな」

「その通りです」

自棄になっているのかもしれないと思いながら、瑛は答えた。実際、嘘の告知をした時に医師の資格は失ったと思っている。働き続けているのはその贖罪《しょくざい》のためだが、いつまで続くかはわからない。だが、自分を責めるはずの竜樹は、思いがけないことを言い出した。

「そうでもないだろう。七〇五号室の患者が死んだ時、あんたは必死で心臓マッサージをして、なんとか蘇生させようとしてた。ナースに指示を飛ばす声が、廊下まで聞こえてきたぜ。あの爺さん、二、三日前から具合が悪くて、主治医のあんたはしょっちゅう病室へ駆けつけてたよな。泊まり込み続きで、ろくに寝てなかったんじゃないか」

「……」

「爺さんが死んだあとで病室から廊下へ出てきた時、あんたは眼鏡をずらして目元を押さえてた。……ひどい医者なら、患者が死んで泣きやしない」

返事ができずに瑛は視線を逸らした。

四日前、担当患者の一人が治療の甲斐《かい》なく息を引き取った。家族は『八十二歳だから、もう寿命でしょう。先生方はよくしてくださいました』とねぎらってくれたが、患者の老人が曾孫《ひまご》の小学校入学を楽しみにしていたことを、瑛は覚えている。せめて来年の春までは生きていたかっただろう。それを思うと、悔いは尽きなかった。

黙っている瑛に、竜樹がもう一度声をかけてきた。

「そこじゃ遠くて話がしづらい。こっちへ来いよ」

さっきの言葉からすると励ましてくれたのだろうが、自分と竜樹の関係を思うと素直に従う気にはなれない。瑛は冷たい口調を作って答えた。

「やめておきます。受動喫煙の害は能動喫煙より強い。肺癌だけでなく肺気腫、歯周病、動脈硬化……煙草のもたらす健康被害は麻薬と同レベルだというのが僕の考えです」

竜樹は煙草をコンクリートの上に落として踏み消した。

「これでいいんだろう」

「吸殻。誰が作ったゴミですか」

「……本当にひどいヤツだ」

ぼやいて身をかがめ、竜樹は自分が踏みつぶした吸殻を拾ってカーディガンのポケットへ押し込んだ。いつかは窓から吸殻を捨てていたのに、変わったと思う。瞳の奥に無言の懇願を認めると、もう意地を張る理由が見当たらない。瑛は歩み寄り、隣に立った。

瑛から夕空へ視線を移して、竜樹が呟いた。

「見事なもんだよな。たった一言で、こうも自分がぐらぐらになるとは思わなかった」

「……」

「治ると思いたい。きっと治らないんだとも思う。放射線治療の副作用に耐える意味があるのか、無駄に苦痛を味わっているだけじゃないかと疑って、そのくせ、もし助かるものならと思ってあがく。自分の世界が全部ひっくり返った感じだ。今じゃ、治ると言われても治らないと言われても、信じられない。……やられたよ」

恨み言なのに、口調も表情も静かだ。夕日を受けた頬は、入院してきた時より少しこけたように見える。しぼみそうになる憎悪を奮い立たせ、瑛は言った。

「自業自得だ」

「そうだろうな」

「世界をひっくり返されたのはお前だけじゃない。僕だってそうだった」

通り魔のような不意打ちの暴力で、すべてを崩された。理屈による説得も情に訴えての懇願も、すべて踏みにじられた。すべてこのヤクザのせいだ。

竜樹が瞳を伏せて呟く。

「ノブ……俺が病院へ盗みに入るきっかけになったヤツだ。覚えてるか？　あいつはあの一件の、二ヶ月後に死んだよ」

夕暮れの街に視線を落としたまま、竜樹は語った。

ペンタジン依存症から合成麻薬へと手を伸ばした男は、坂道を転がり落ちるように、薬物中毒者の軌跡を辿《たど》った。麻薬を買う金ほしさに引ったくりやコンビニ強盗を繰り返し、警察に追われる悪夢に怯えては、また麻薬に手を出した。

「……最後は錯乱状態になって、ビルの窓から線路に飛び降りて貨物列車に撥ねられた。死体はばらばらで、片方の足首から下が見つからないまま葬式を出した。あんな死に方はごめんだし、クスリが切れた時の苦しみ方も見た。うんざりだ」

「僕があの時ペンタジンを打たなかったせいだと言いたいのか」

「違う、そうじゃない。遅かれ早かれ、あいつはヤク中になっただろう。意志の弱い奴だったんだ。パチンコにのめり込んで家賃を払えずにアパートを追い出されて、俺の部屋へ転がり込んできたあげく、そのまま居着いたりとかな」

「面倒見のいいことだ。つき合ってたのか」

皮肉を込めて言うと、竜樹は嫌そうに顔をしかめた。

「勘弁してくれ。俺は面食いだって言わなかったか？　泣きつかれて拝み倒されて、追い出せなくなっただけだ」

「……」

意外だった。強盗強姦《ごうかん》という犯罪までしてペンタジンを手に入れようとしていたし、てっきり深い仲なのだろうと思っていた。

（……別にどうでもいいことだけれど。だいたいなぜ訊いたんだ、僕は？）

瑛が内心でとまどっているのには気づかなかったらしく、竜樹は物思いに耽《ふけ》る眼で言葉を続けた。

「今思えば、さっさと追い出しておけばよかった。一緒に住んでたせいで、薬ほしさにじたばたするノブを見ていられなくなって、盗みに入っちまったんだ。そのあとも、ヤク中になっていく姿を見せつけられた。おかげで、麻薬や覚醒剤《かくせいざい》にだけは手を出す気がなくなった。自分で使うのはもちろん、売るのもな」

「白々しい」

「そう言われても当然だろうな。だけど本当だ。……ノブを見ていて一番怖かったのは、クスリが入った時の変わり方だった。クスリクスリと叫んで、獣じみた暴れ方をしていた奴が、たかが錠剤一つでとろけた顔になる。人格が壊れていくってのはこういうことなんだと、思い知らされたよ。だから薬物には手を出したくない」

今の言葉が本当なら、竜樹は薬物依存症患者のもっとも悲惨な経過をつぶさに見てきたことになる。瑛にとっては、初めて知る話だ。だがそれで、竜樹に対する感情をやわらげる気にはなれなかった。

「それがどうした。七年前にはチンピラだった男が直系若衆の地位まで登るには、相当な功績が必要だったはずだ。薬物の代わりに他の犯罪で稼いだというだけだろう」

「きついな。よっぽど俺が嫌いらしい」

「好かれる要素があるとでも思っているのか。自分が何をしたか思い出せ」

「……すまん」

瑛は耳を疑った。空耳だと思った。ヤクザの口から謝罪の言葉が出てくるはずはない。だが視線を向けた竜樹の顔には、瑛が初めて見る、気まずそうな表情が浮かんでいる。瞳には苦い後悔の色があった。

そのことがかえって、瑛の怒りを煽った。フェンスをつかんだのは、自分の手を自由にしておくと竜樹に殴りかかってしまいそうな気がしたせいだ。

「今更……今更、何を。あんな真似をしておいて、今更……」

「詫《わ》び言で片づくわけはないよな。だけどどうすれば償えるのか、俺にはわからないんだ」

にらみつける瑛に、沈んだ色の眼差《まなざ》しを返して竜樹が呟く。

「俺は、弱い奴が嫌いだった。世の中は強い者の勝ちで、弱い奴はどんな目に遭わされたって仕方がない、勝手に泣けばいい……そういうもんだと思ってた。ガキの頃は、どうしたって大人には勝てなかったからな。立場の弱いガキの自分が嫌いで、俺をすぐ殴る親も、何かなくなればすぐ俺を疑う教師も、親切ぶった児童保護施設の連中も嫌いだった。とにかく大人連中が憎くて、強くなって見返すことばかり考えていたんだ。強く、偉くなることに夢中で、弱い奴を見ると苛々して、徹底的にいたぶってやりたくなった」

確かに七年前の竜樹は、刃物に怯える自分を見て面白がっていた。

(子供の頃、か……)

暴力団幹部の竜樹にも、子供の時期があったのだと思い、瑛は少し驚いた。当たり前のことなのだけれど、ヤクザの竜樹しかイメージが湧《わ》かなかったのだ。あまり恵まれた幼少期だったようには思えないが、だからといって許す気にはなれず、瑛は憎まれ口を叩いた。

「どうせ、ひねくれた子供だったんだろう」

「ああ。……あんたはきっと、親にも教師にも好かれる真面目な優等生だったんだろうな」

杓子《しやくし》定規で真面目すぎるところが災いして同年代の友達は少なかったが、そんな弱みを竜樹に教えたくはないので、黙っていた。それよりも、自分がこうして竜樹と話をしていることが、不思議だった。竜樹がこんなしみじみとした口調で話すとは思いもしなかったし、寂《せき》寥《りよう》を漂わせた瞳は初めて見た。

煙草の箱を取り出しかけた竜樹が、隣の自分を見て箱をポケットへ戻す。瑛は内心で困惑した。こんなしおらしい態度は竜樹らしくない。

町並みに落ちる日差しは輝きを失い、沈んだ蘇芳色《すおういろ》に変わっている。

「救急科から外科へ移る理由を聞かされた時は、医者が言った『昔と違って癌は治療次第で治る』って説明を信じ込んでたから、平気だったんだ。あんたに末期癌だって言われて、俺が今まで積み上げてきたものがすべて崩れた。どんなに強くなっても病気には勝てない。もとは俺の細胞だったものに内側から食い荒らされて、どうしようもないなんてな。初めてわかった気がした。弱い立場に回るってのがどういう気持ちか」

「……」

「あんたは不思議な人だよな。弱くて力もなくて、俺に犯られてばかりだと思ってたのに、ちっとも言うことは聞いてくれない。そういや七年前に俺がどれだけ脅しても、あんたはペンタジンを渡さなかった。今度だってそうだ。何度犯っても、態度が変わらない。勝ってるはずの俺ばかりが、あんたの言葉や表情にぐらぐらよろよろしてる。……完敗だ。あんたの勝ちだよ、先生」

復讐は完璧《かんぺき》に成し遂げられた。それなのに高揚感は微塵《みじん》もない。ただ、苦しい。

「僕は……強くなんかない」

瑛はかすれた声を喉から絞り出した。本当に強ければ、過去の憎悪にとらわれて復讐したりはしなかっただろう。竜樹に一矢報いることはできたが、その代わり自分は消えることのない罪悪感に囚《とら》われた。

「どうしてだ。どうして七年前、あんなことをした。今回だって最初は、普通に治療するつもりだったんだ。お前が、あんな真似さえしなければ……」

強く握りしめたフェンスが、瑛の感情に合わせて軋《きし》み、揺れる。

「すまん」

「謝ってすむことか。……僕はもう医者としてはだめだ。七年前からだめになりかけていた。診察手順として自分から人に触ることはできても、他人から一方的に触れられることは耐えられないんだ。退院する患者さんが差し伸べてきた手を、握り返すことにさえためらう。忘年会で先輩の医者に肩を叩かれただけで、悲鳴をあげてしまって空気を凍りつかせた。全部……全部、お前のせいだ。その上、復讐のために嘘を告知するなんていう真似をした。もう終わりだ。医師として失格だ……‼」

フェンスがぎしぎしと音をたてた。竜樹の手が、瑛の手を包み込むようにつかんだ。

「錆《さ》びたフェンスを力任せに握るな。怪我をする。……俺のせいで、これ以上傷つくな」

白々しい——という言葉は、口から出てこなかった。瑛の指をフェンスから剝がす竜樹の手つきは、壊れ物を扱うような気遣いに満ちていた。

「あの告知のことなら、もういいんだ。あんたは俺にぼろぼろに傷つけられた。復讐したいと思って当たり前だ。もういい。俺はもう許してる」

強さが正義と信じて、竜樹は生きてきたのだろう。強くなれば何にも負けないと信じ、弱い者を軽蔑《けいべつ》していたのだろう。だが癌の告知が竜樹を変えた。どんなに努力しても勝てないものがあることを知り、初めて弱い人間の気持ちを理解したのかもしれない。

それでも瑛は首を横に振った。

「お前が許してくれても、僕が僕自身を許せない。いや、一生許してはだめだと思ってる」

「なんでそんな……俺がもういいって言ってるんだぞ。そんなことを言ったら、あんたを何度も抱いた俺はどうなる」

瑛は答えず、視線を逸らした。

竜樹の罪は竜樹自身で考えるべき問題だし、自分の心中は複雑だ。復讐の手段に罪悪感を覚えて、竜樹に対する怒りや憎しみは薄れたけれど、それでもまだあんなふうにあっさり『もういい、許している』とは言えない。

けれども、どうしたのだろう。フェンスから離れた自分の手は竜樹につかまれたままなのに、他人に触れられた時に感じる背筋の不快感がない。思いがけない謝罪を受けて、神経のどこかか故障してしまったのだろうか。

「先生。俺は……」

言いかけて竜樹は言葉を切り、つかまれたままの瑛の手を引いた。

いつもの瑛なら嫌悪感に駆られて突き飛ばすか、恐怖にすくんで固まったはずだ。けれどどちらでもなかった。抱き寄せられて顔が近づくのを知り、まぶたがごく自然に下りた。

唇が重なった。

乾いて荒れた感触は決して心地よいとはいえなかったが、嫌悪感はなかった。そういえば今まで竜樹に犯されたことはあったが、口づけをかわしたことはない。乾いているのは熱のせいだろうか。竜樹の唇は自分に比べて温度が高いように感じる。

煙草の匂いの残った舌に歯を探られる。

「ん……」

瑛は煙草を吸わない。ニコチンやタールの匂《にお》いは苦手で、身じろぎした。

それを拒絶と受け取ったのか、竜樹の舌はあっさり離れていった。けれども腕はまだ瑛を離さない。抱き寄せたままだ。髪に頬ずりし、耳元に囁きを吹き込む。

「先生。名前、なんだったっけ」

「瑛……籠宮、瑛」

「あきらってのはどんな字を書く？　明るいか、水晶の晶か」

「王偏に、英語の英……どうしてそんなことを訊く？」

「あんたのことを何も知らなかった、そう思ったんだ。瑛か。綺麗だけど線の細い雰囲気の字だ。あんたによく似合ってる。……俺の名前は、竜樹だ」

「知っている。カルテで……」

「そうだったな。でもいつも、苗字でしか呼んでくれたことがない。……瑛」

自分の名を呼ぶ声に鼓膜をくすぐられ、瑛の体が震えた。

七年前に聞いた竜樹の声は、凶暴なエネルギーをみなぎらせて熱くたぎっていた。けれど今自分に呼びかける竜樹の声は、昔の熱気がほどよく押さえられ、代わりに快い渋みを持っている。――体だけでなく、心まで囚われてしまいそうだ。

「離して、くれ……」

瑛は喘いで身をよじった。ハッとしたように竜樹が腕をゆるめた。

「すまん。あんた、人に触られるのがだめなんだったな」

答える言葉は出なかった。いつもはそうなのに、今だけは平気だったなどとどうして言えるだろう。瑛自身にも理由がわからないのだ。離すように頼んだのは嫌悪のせいではなく、竜樹の腕の中にいることに不思議な心地よさを覚えたせいだった。

だが竜樹にそんなことがわかるはずはない。すまなさそうな顔をしているのを見た瞬間、後悔に突き動かされて瑛は告白した。

「前に、僕が言ったこと……あれは嘘だ。末期癌なんかじゃない。他臓器への転移がないステージⅡだ。放射線治療と抗癌剤、外科療法の併用で治る」

瑛は懸命に言いつのった。あの夜も末期だと言ったあとすぐ嘘だと否定したが、あれは犯された復讐として竜樹を惑わせ苦しめるためだった。今度は真実だ。信じてほしかった。

瑛の瞳を見つめたあと、竜樹は視線を逸らして呟いた。

「転移のないステージⅡでも、五年生存率は五〇％だ。つまり五年後には、半数しか生き残っていない。そうだろう？　十年生存率はもっと低くなる」

「それは……」

「この頃は便利だな。入院中でも携帯電話のインターネットで、自分の病気を調べられる」

瑛は言葉に詰まった。

確かに、現役の医師や医療関係者が病気について書いているサイトがあったり、患者やその家族が意見交換をする掲示板は多い。医学書を探して難解な専門用語と格闘しなければならなかった昔と違って、相当正確な情報が誰でも得られる。

「末期だと言われてから、俺はいろいろ調べたし、考えた。あんたが言ったように、二、三ヶ月もたたないうちに死んでしまうのか、それともあれは脅しで本当は治るのか。調べてみて、分のいい勝負じゃないってことはわかった。それで考えてみたんだ。俺は生き延びて、何をするんだろうってな。……そうしたら何も、思い浮かばなかった」

「……」

「癌と闘って生還したとして、いったい何をするのか。土地や手形を転がしたり、観光ビザで入国した女を風俗へ回したり……入院するまでは、それでいいと思っていた。女は国の家族に仕送りができるし、日本の助平男どもは安い値でいい思いができて喜ぶ。結構なことだ。そんなふうに屁理屈《へりくつ》でごまかして、自分のやってることは、いいことじゃないにしてもさほど悪いことじゃない。そう思ってきた。だけど、治療の副作用に耐えて生き延びるための目標には……ならない」

「足を洗えばいいじゃないか。ヤクザをやめて、正業に就けばいい」

「そう簡単にはいかない。病気になったからやめますなんて、堅気が辞表を出すように簡単にはいかないんだ。ずっと世話になりっぱなしの人もいるし……」

「この前の、石谷という男か」

声が尖るのが自分でもわかる。脅されたためだけでなく、竜樹のいない隙を窺う形で病状を探ってきた石谷には好意を持てない。本来瑛は患者の人間関係に立ち入ることをしない。治療以外の部分で関わりたくないのだ。だがこの時だけは、言わずにいられなかった。

「平松さんが、あの男を信用しない方がいいと言っていた。役に立っている間はいいが、用済みになれば容赦のない切り捨て方をするそうだ」

「余計なお世話、ってやつだな。あんたには関係ないだろう」

竜樹が話を終わらせようとしているのはわかったが、強引に話を続けた。

「石谷が僕を呼び止めて何を訊いたと思う。お前の癌がどの程度進んでいて、治る見込みはどうかっていうことだ。本人に訊くよう言ったら、金をつかませて喋らせようとした」

「俺の兄貴分なんだ、具合を気にするのは当たり前だ」

「普通はまず本人に尋ねる。石谷はお前に復帰の見込みを訊いたか？」

竜樹が眉間に縦皺を寄せて黙った。おそらく石谷は、竜樹本人には何も尋ねなかったのに違いない。瑛は言いつのった。

「信じて大丈夫かどうか、よく考えろ。病気はいい機会だ、足を洗うんだ」

「洗ってどうなる？　俺に何ができると思うんだ？　高校中退してから、ずっとチンピラだったんだぞ。……俺がろくでなしなのは、あんたがよく知っているだろう」

問い返されて瑛は言葉に詰まった。

「どうしようもないんだ。俺には何も、したいことがない」

竜樹がほろ苦く笑う。何もかも諦めたように笑う。何か言わなければと思いながらも、瑛は答えるべき言葉を見つけられなかった。

階段室の方でかすかな物音がした。

竜樹にも聞こえたらしく、そちらへ視線を向ける。だがドアは動かず、誰かが屋上へ出てくることもなかった。建物が自然にたてる軋み音だったのかもしれない。

いい汐《しお》だと思ったか、竜樹は瑛の前を離れて階段室へ足を向けた。

「そろそろ晩飯を配りに来るから、俺は病室へ戻る。……日が落ちたら気温が下がる、風邪《かぜ》を引くなよ。それでなくても疲れが溜まってるはずだ」

「待っ……」

呼び止めかけて瑛は口をつぐんだ。竜樹と話すことなど何もないはずなのに、なぜ引き止めようとしたのだろう。しっかり聞こえてしまったらしく、竜樹が振り返る。

「なんだ?」

「煙草も薬物依存と同じだ。本心から薬物が嫌いなら、禁煙しろ」

「……あんたがそう言うのなら」

呼び止めた理由をごまかした瑛に苦笑を返して、竜樹は階段室へ消えた。予想しなかった素直な言葉に、どうしていいかわからなくなる。

なごりの夕映えに照らされた屋上に取り残され、瑛は一人立ちすくんだ。

4

その後数日は何事もなく過ぎた。

竜樹と話す機会はなかった。二人きりになることをできるだけ瑛が避けたせいもある。

自分でも竜樹をどう思っているのか、よくわからない。少なくとも、以前の憎悪や怒りを持ち続けられなくなっているのは確かだった。今まで犯された時に、無意識下の防御反応なのか、体が瑛の意志を無視して快感に溺れてしまったことはあった。だが屋上でのキスはそれとは違う。体も心も、ごく自然に受け入れた。

あの時の自分の気持ちは、男同士だとか相手がヤクザだという社会的なハードルも、かつて自分を犯した相手だという感情的な障壁も越えていた。

竜樹の態度が変わったように、自分もまた変わったのだろうか。

一方、竜樹にも何か思うところがあったのか、いくら瑛が避けていてもその気になれば襲うチャンスはあるはずだが、接触してくることはなかった。自分の気持ちが定まらない瑛としては、助かる。担当患者は竜樹一人ではない。他に十人近くいる。目が回るような忙しい日々の中、竜樹のことばかりに気を取られている余裕はなかった。自分の受け持ち患者でなくとも、急変があった時近くにいれば、駆けつけなければならない。

この日の夕方もそうだった。詰所で手術の計画書を書いていたら、廊下を走ってきた新人看護師に呼ばれた。午前中に手術をした初老の女性が、苦しみ出したという。主治医は別の患者の手術に入っていて、まだまだ病棟へは来られそうにない。

瑛は、詰所にいた看護師長と一緒にその病室へ駆けつけた。

新人ナースは慌てふためいていたが、行ってみると幸い、大きな問題ではなかった。

患者は心臓の弁にできた腫瘍を摘出するため、胸骨を縦真っ二つに切り開いていた。手術がすんだあとはワイヤーで元のように綴《と》じ合わせたが、骨を切った痛みは強烈だ。術後の麻酔が切れたために苦しみ始めたらしい。患者には何による痛みかわからず、手術が失敗したのではないかと不安になって、なお一層苦痛が強く感じられたようだった。

「先生……先生、痛い……手術、ほんとに成功したんですか？　座薬を入れたのに効かないんですよぅ。すごく、痛い……」

呻きながら患者は骨張った手で瑛の腕をつかみ、不安と苦痛を訴えてくる。

「大丈夫、大丈夫ですよ、青木《あおき》さん。麻酔が切れて、胸の骨を切り開いた痛みを感じるようになっただけです。骨の痛みは座薬では抑えられないことが多いんです」

「ほんとに……？」

「よくあることです。心配はいりませんよ。痛み止めの筋肉注射ですぐ楽になります。岡村先生は今別の患者さんの手術に入っていますが、終われば来てくれますからね」

「もうどの先生でもいいです。お願い、痛みを取って……」

鎮痛剤を注射すると、その効果は劇的だった。患者はそれまでの苦悶が嘘のように落ち着いた。痛みの原因がわかって不安が取り除かれたのも、大きかったかもしれない。

病室を出て詰所へ戻る間に、看護師長が気遣わしげな目で尋ねてきた。

「籠宮先生、大丈夫ですか？　吐き気はしません？　ずっと、つかまれてたでしょう」

「え……ああ、さっきの」

瑛は自分の左腕を見た。ついさっき、患者に鷲づかみにされた場所だ。

痛みに苦しむ患者は瑛にすがりつき、腕をつかんで放さなかった。今までの瑛なら、他人から触れられることに耐えきれず患者を振り払うか、かろうじて我慢したとしても、棒のようにただ立っているだけで、患者が離れたあとは吐き気にさいなまれて吐いていただろう。

だが自分でも不思議なことに、さっきは嫌悪も恐怖も感じなかった。苦しんでいる患者がただ痛ましくて、なんとかして痛みをやわらげたかった。

「平気みたいです。なぜかな。そういえばこの前も、大丈夫だったし……」

「まあ、よかった。じゃ、私が手を握ったり肩を叩いたりしても大丈夫なんですか？」

「あ！　いや、その……すみません」

師長が肩に手を載せようとしたのを反射的によけたあと、瑛は急いで謝った。

「まだ完全に克服できたわけじゃないようです。時と場合によるみたいで……すみません。決して師長さんだからとか、そういうわけではなくて、その」

「わかっていますよ。よかったじゃないですか、きっと少しずつ慣れていきますよ」

「ありがとうございます」

瑛の母親と言ってもいい年頃の師長は、寛容に笑う。その心遣いに感謝の言葉と微笑を返しながら詰所に入っていった。ちょうど日勤と準夜勤の交代時刻で、中はナースであふれていた。一人が目ざとく瑛の笑みに気づいて、声をかけてきた。

「お疲れさまです。青木さん、落ち着きました？　……あれ？　籠宮先生、何かいいことでもあったんですか？」

瑛が口を開く前に、師長が笑いながら答える。

「籠宮先生、対人恐怖症の克服に向けてがんばってるそうなの。まだまだ時間がかかりそうだから、みんな、変なちょっかいを出さずに温かく見守ってあげなさいよ。患者さんにならしがみつかれても大丈夫っていうところまで、よくなってきたんだから」

「本当ですか？　よかったですねぇ」

「そういえば最近、先生はちょっと雰囲気が変わった感じ。何か、いいことありました？」

「え……別に、いいことなんて……」

とまどう瑛を眺め、ナースたちが口々に言い立てる。

「うんうん。以前はピリピリしてるっていうか、冗談一つ言えないっていうか。ここ半月ほど特に張りつめてる感じだったけど、最近は違うっぽい」

「最近の籠宮先生は表情がやわらかいよね」

「絶対、いいことあった。……あ、わかった！　あたし当てる、当てに行きますよー？」

一人が悪戯《いたずら》っぽく笑って手を打ったあと、わざとらしく瑛を指さした。

「先生、彼女と喧嘩してたけど仲直りしたんでしょ！」

詰所がどっと湧いた。なにしろ詰所にいるのはほとんどが女性で、恋愛話には敏感だ。根も葉もない噂を撒かれてはたまらない。瑛は慌てて打ち消そうとした。

「な、何を言ってるんですか、彼女なんかいませんよ……!!」

「うろたえてる、うろたえてる。先生、図星？」

「わぁ、ショック。この病院の数少ないイケメンなのに、もうフリーじゃないんだ」

「違いますって……朝から晩まで病院で働きづめなのに、彼女を作る時間なんてどこにも」

「あ。先生、赤くなった。かわいいー」

確かに顔はほてるし、汗がにじんできた。これ以上からかわれてはたまらない。やりかけだった仕事は後回しにして瑛は詰所から逃げ出すことに決めた。

「すみません、僕は医局に用が……」

「あー、逃げる。怪しい。辻先生、何か知りませんかぁ？」

廊下へ出ようとしていた瑛は、名前を耳にして振り返った。詰所の奥のデスクトップパソコンで、辻は自分の患者のカルテを見ていたようだ。人の陰になって、気づかなかった。ナースの軽口を受けた辻は、ちらっと目を上げて瑛を見た。確かに目が合ったが、すぐに視線を液晶へ戻してしまった。

「別に……今日は忙しいんだから、つまらない冗談で邪魔しないでくれよ」

瑛は不審を覚えた。闊達《かったつ》で世話好きの辻らしくない。普段なら瑛が看護師たちの猛攻に晒されている段階で、「あまりからかってやるな」などと助け船を出してくれたはずだ。けれど今は声も表情も素っ気なかった。

（いや、今日だけじゃないか。ここ数日、あまり話しかけてこないみたいだ）

竜樹のことで悩んでいて、今まで辻の態度が変わったことに気づかなかった。

けれども思い返すと、以前は何かといえば『メシに行こう』とか、『次の学会の新幹線やホテルはもう予約したのか？　俺も行くし、一緒に……あ、もう取ったのか、早いな』などと、いろいろ世話を焼いてくれた。厚意に感謝しなければならないとは思うものの、暑苦しいというか、鬱陶しいと感じることも多かったほどだ。

だが今の辻が見せた態度は、明らかに違う。

怒らせるようなことをしたかと自分の行動を振り返ってみたが、思い当たる節はない。

（個人的なことで不機嫌なのかもしれないな）

そう考え、深く気に留めなかった。


来週分の手術計画書を提出し、病棟へ戻ってきた岡村へ患者にペンタジンを投与したことを伝え、医療保険の書類を書き——なんだかんだと仕事に追われて、瑛が病棟を離れたのは午後九時に近かった。

病棟から医局棟へは、検査・手術棟を突っ切る形になる。通常業務の時刻を過ぎて、明かりは最小限度しか灯《とも》っていない。

薄暗い廊下を一人歩いていると、足音が聞こえた。誰かが後ろから走ってくる。

そのまま追い越されるものと思い込み、瑛は気にも留めなかった。だが気配は横を通りすぎるのではなく真後ろへ迫ってきて、瑛の腕をつかんだ。

「……っ！」

瑛は身をこわばらせ、体をひねって相手の顔を確かめた。険しい表情の辻だった。

「仕事は終わったのか」

尋ねてくる口調も、普段の陽気さを失って硬い。瑛の対人恐怖を知っているはずなのに、つかまえた手の力がゆるむことはない。瑛は体をひねって向き直り、辻の手を腕から外そうと試みた。

「どうしたんですか、辻先生。脅かさないでください。仕事なら終わりました。今から帰るところです。……先生は?」

問いかけたが、辻の耳には入っていないようだった。

「やっぱりガチガチに緊張するんだな。なぜ俺にはそういう態度なんだ。患者相手ならつかまれても平気なくせに。俺のどこが気に入らない」

「気に入らないって、そんな……なんの話ですか」

「今日の夕方だ。患者に腕をつかまれても平気だったらしいじゃないか」

辻の手が触れている部分の皮膚からじわじわと嫌悪感が広がるのをこらえ、瑛はできるだけ落ち着いた口調で話そうと試みた。

「まだ完全に治ったわけじゃないんです。多分、患者さんが痛みで苦しんでいたから、医者として『助けなきゃいけない』という気持ちが勝ったんでしょう」

説明しても辻の表情が落ち着くことはなかった。

「患者のためか。医者の鑑《かがみ》だな。だったら俺も患者になればいいわけか。それなら男同士でも気にしないで、抱き合ってキスできるんだろう?」

「!」

引きつった瑛の顎に手をかけて上を向かせ、辻は言った。

「火曜日の夕方だ。ＬＫのヤクザと医局の屋上でいちゃついていたな、お前」

瑛は自分の顔から血の気が引くのを感じた。あの時階段室から聞こえた物音は空耳ではなかった。医師が患者と、しかも同性を相手にキスしていたところを見られてしまった。

返事ができない瑛を見下ろす辻の瞳に、迷いともためらいともつかない色が浮かんだ。瑛の顎をつかんだ手は外したが、腕はつかんだままだ。

口調をやわらげて問いかけてきた。

「なあ、無理矢理だろう？　あいつに脅されたんだろう？　合意のわけはないよな、お前がゲイだなんて今まで聞いたこともないし、まして対人恐怖症なのに……無理矢理に決まっている。わけを話してくれ、力になるから。な、篭宮。暴行であいつを警察に訴えよう」

「ば、馬鹿なことを言わないでください」

「わかっている、お前だって男にキスされたなんて噂が広まるのはいやだろうからな。単に殴られたと言えばすむ話だ。俺も一緒に証言してやる。医療スタッフに暴力を振るえば強制退院だ。ヤクザが医者を殴ったとしても全然おかしくない。みんな信じてくれるさ。叩けば埃《ほこり》が出る体だろうし、警察に逮捕されたら、しばらくは出てこられないはずだ」

返事ができなかった。辻は竜樹をでっち上げの暴行で告発し、強制退院に追い込むよう勧めているのだ。

無論、警察に逮捕されたからといって治療ができなくなるわけではない。拘留に耐えられない体だと判断されれば、警察病院へ送られるだろう。関係を断ち切るにはいい方法だ。

（だけど……）

瑛は唇を噛んだ。

七年前のことを水に流したわけではない。まだわだかまりは残っている。けれども竜樹は屋上で、自分に詫びた。あの凶暴な野良犬のようだったヤクザが、瞳に悔いる色をにじませて謝罪の言葉を口にした。

その竜樹に、無実の罪を着せることはできない。嘘の告知をしたうえ、今また新たな嘘をついて裏切ることはできない。

「違います。無理矢理キスされたわけじゃありません」

視線を合わせることができずにうつむいて、それでも瑛は首を左右に振った。辻が驚愕に目をみはる。

「無理矢理じゃない、って……冗談はよせ。まさか、合意だっていうのか？」

「そうです。だから辻先生がご覧になった件については、放っておいてください。褒められた話ではないと思いますが、プライベートなことですので」

そう話を切り上げ、瑛は身をひるがえして立ち去ろうとした。けれども辻がすばやく動いて瑛を阻んだ。

「ふざけるな。対人恐怖症はどうした。他人に触られるのは我慢できないんじゃなかったのか。それともヤクザには平気でも、俺に触られたら吐き気がするのか」

「それは……」

「お前がこの病院へ来てから、手術場や病棟、外来の仕事に慣れやすいよう指導したのは誰だ。肩を叩かれるのも握手されるのもいやだなんていうわがままを、ナースや他の先生にわかってもらえるよう口添えしてやったのは誰なんだ。全部、俺じゃないか」

辻の言う通りだった。親分肌の性格を暑苦しく思うことも多々あったが、その反面、神経質で環境に順応するのが下手な自分が早く病院に馴染み、対人恐怖を理解してもらえたのは、辻に引っ張り回してもらったおかげだった。そのことはよくわかっている。けれどもこうして恩に着せられると、微妙な不快感が生まれるのは否めない。

「そのことについては感謝しています。辻先生。でも個人的なつき合いにまで口出しするのはやめてください」

「個人的なつき合いか……どこまでやった、籠宮。もう寝たのか」

「な、何を言っているんですか！」

「あのヤクザ、入院したばかりの頃はよく女を部屋に引き入れていたんだってな。それが最近はおとなしくなったって話だ。お前が女の代わりをしてるんじゃないのか？」

強気で白《しら》を切るべきだったのかもしれない。

だが今までは親切だった辻の豹変《ひょうへん》ぶりに狼狽し、吐き気を懸命にこらえている瑛には、反論の言葉が出てこなかった。喘ぐように懇願するのが精一杯だ。

「は、離し、て……くだ、さ……」

「否定しないのか……やっぱりあの男と寝てるってわけか。この、淫売が！」

辻が悔しそうに呻き、瑛の体を壁に叩きつけた。

手加減はしているのだろうが、他人にずっと腕をつかまれ続けて呼吸が苦しくなっている瑛には、充分な衝撃だ。息が詰まった。咳《せ》き込む瑛を険しい目で見据えて、辻は罵った。

「全部ぶちまけてやる。お前は病院にいられなくなるし、あのヤクザだって病室で医者と寝ていたことがわかれば強制退院だ」

「辻先生、お願いですから、落ち着い……うっ‼」

懇願の言葉は途中で止まった。辻が腕を離し、代わりに瑛の股間へ手を伸ばしたせいだ。瑛は凍りついて動けなかった。

「なんて顔をしてるんだ、あいつには触らせたんだろう。それなのに俺はいやか。だったら、騒げよ。大声を出して人を呼んで、俺にセクハラされたと言えばいい。その代わり、お前とあいつのことも明るみに出るけどな。……どうした、対人恐怖症。抵抗しないのか？」

騒ぐことも逃げ出すこともできずに、ただ喘ぐだけの瑛の態度が嗜虐心をそそるのだろうか。辻は瑛のベルトを外し、ファスナーを下ろしてズボンの中へ手を差し込んできた。嫌悪感に鳥肌が立つ。瑛はかすれた声を絞り出した。

「先生、落ち着いて……やめて、ください」

「いやなら騒げと言ってるだろう。それとも口止め料に、俺にも犯らせるか？」

「な、何を……」

単なるセクハラとは次元が違う。だが辻は本気らしい。舌なめずりするような口調で囁いてきた。

「一発犯らせろって言ったんだ。ヤクザが病室へ女を引っ張り込むのをやめて、お前一人に絞るくらいだ。さぞいい具合なんだろう？　上品ぶった顔の裏でどんなエロいことをしてくれるのか、じっくり教えてもらいたいな。ああ？」

「……ぅ、くっ……」

肉茎をやわやわと揉まれて、瑛は喘いだ。

竜樹に病室で犯された時、自分の体は精神の苦痛をやわらげるため快感に溺れた。あの時と同じだ。頭では気持ち悪いと感じているのに、体の芯が熱を帯び始めている。

「黙っていてほしいんだろう。だったら俺にも犯らせろよ。ヤクザに食わせたんだ、出し惜しみする体でもないんじゃないか？」

「……っ……」

瑛は首を横に振った。もともと辻には先輩後輩としての意識しか持っていなかったし、悪意と下心がはっきりわかってしまった今は、絶対にいやだ。

それでも辻は引き下がらない。

「断るのなら、俺はあのヤクザが俺を殴ってお前を強姦したって、警察に言う。でっち上げでも相手はヤクザだ。警察は俺の言うことを信じるだろうし、庇えばお前はあの男と何をしたか、根掘り葉掘り訊かれる羽目になるぞ。いいのか」

生暖かい息が耳にかかる。手は下着の合わせ目から瑛自身を引っ張り出し、敏感な先端を直接触っている。体がすくんで動けない。このままでは結局、抵抗できずに辻に強姦されるのではないか――そんな思いが脳裏をかすめ、瑛は怯えた。

「一回だ。一回だけ俺の言うことを聞いたら、お前とあのヤクザの件は全部忘れてやる」

これ以上逆らうすべはなかった。瑛は力なく頷いた。

「わかり、ました……」

「商談成立だな。ここじゃ人目につく。来いよ」

辻が笑みを浮かべる。廊下の乏しい明かりがその顔に、隈取りに似た影を落とした。


辻が瑛を連れていったのは、外来病棟の一階奥にある産婦人科外来だった。医師が確保できず二ヶ月前から閉鎖になっているが、人員さえ確保できれば診療を再開したいと病院は考えており、機材はそのまま残っていた。

産婦人科の性質上、診察室に窓はなかった。廊下に通じる待合室からドアで仕切られた中待合室を通り、奥のドアを開けてようやく診察スペースに入れるという、周囲とは隔絶された構造になっている。そのため診察室の明かりをつけても、外へ光は漏れない。

辻に診察室へ連れ込まれた瑛は、不安にさいなまれつつ問いかけた。

「何をすれば、いいんですか」

「今更素人ぶるなよ。ヤクザの情婦だったら男を喜ばす方法ぐらい、わかるだろう」

情婦という、瑛を傷つける卑しい言葉をわざわざ選ぶところに、歪んだ怒りがむき出しになっている。辻は診察台を指さした。

「脱いで、そこへ上がれ。……上はそのままでいい、下だけ脱ぐんだ」

命じられるまま、瑛は診察室の隅にある脱衣スペースへ入ってカーテンを閉め、ズボンと下着を脱いだ。外科にはケーシー型の白衣を好む者が多いが、瑛はいつも長白衣を着ている。そのおかげで下半身は一応隠れているけれども、足元がすうすうして、なんとも頼りない感覚だ。うなだれて瑛はカーテンを開けた。

「これで、いいですか」

「ああ。次はシートに座って、足を台に乗せるんだ。白衣はボタンを外して、後ろは尻が出るまでめくれ。産婦人科の実習を回ったんだから、やり方はわかるな?」

命じる声が興奮にうわずっている。

瑛は言われるまま、診察台シートに座った。白衣をたくし上げたため、尻の皮膚が直接シートのレザーに触れた。ひんやりと冷たい。

「今更抵抗しないとは思うけど、念のため、脚と腕を固定しておこうか」

器具を使った診察や検査の最中に患者が暴れると危険なので、診察室には手足を留めるために使う布ベルトがある。両足首を診察台に固定したあと、両腕を背もたれの後ろへ回してくくられると、瑛の動きは完全に封じられた。

かがみ込んだ辻が診察台の電源を入れ、コントローラーを手に取った。背もたれがゆっくり倒れ、それに従って脚が上がり――左右に開いていく。

「あっ……」

思わず声が漏れた。白衣の合わせ目が、足台が広がるのに従って、大きく割れた。後ろはたくし上げていたものの前は下に垂らす形で、かろうじて下腹から会陰、後孔を隠していた。それが左右に開いて、何もかもが晒されていく。

辻がかがみ込み、瑛の下半身をじっくり眺めた。生唾を飲み込む音が聞こえ、瑛は居たたまれない気分になった。

「へえ。使い込んで黒ずんでるかと思ったら……色も形も綺麗なもんじゃないか」

「……っ!」

すぼまりを不意につつかれ、瑛は音をたてて息を吸い込んだ。

「ははは、ヒクヒクしてやがる。感じてるのか。こっちはどうなんだ、ここは？」

「あっ、ぁ……や、やめてくださいっ……はぅっ！」

後孔の中央をつついた指はすぐに離れ、性器をぐっと握ったかと思うと、次には会陰の合わせ目をソフトに撫で、茂みを引っ張る。辻がかがんでいる上、白衣の裾《すそ》が視界を遮るために、瑛からは辻がどこを触ろうとしているのかよく見えない。それが不安を煽った。

無駄とわかっていても、懇願の言葉が口からこぼれ出る。

「許してください、お願いですから……」

「ああ、そうだな。先生は対人恐怖症で、触られるのが怖いんだっけ。じゃ、やめるか」

下半身を嬲《なぶ》っていた手が、肌から離れるのを感じた、けれども辻はまだ、身をかがめて瑛の体を眺める姿勢を崩さない。何をしているのかと思った時、シャッター音が鳴った。

「つ、辻先生っ！」

「触るのはやめてやっただろう？　代わりに記念写真を撮っただけだ」

携帯電話を目の前に突きつけられる。液晶画面には、ややピントがぼけているものの、男性器と後孔だとはっきりわかる画像が映っていた。見るに耐えず、瑛は固く目を閉じて横を向いた。けれども耳を塞ぐことはできない。舌なめずりするような辻の声が鼓膜を叩く。

「この写真だけじゃ意味ないよな。誰のか、わかるようにしようか」

「！」

白衣の前が勢いよく開けられる。ハッとして下を見ると、むき出しにされた自分の肉茎がはっきり見えた。恥ずかしさに慌てて顔をそむけ、目を閉じる。その瑛の耳に、シャッターの音が何度も聞こえた。

「大きくプリントして病院の玄関へ貼り出してやりたいな。籠宮先生の超セクシーショットって。そうだ、お前の携帯にも転送してやろうか？　待ち受けに使えよ」

涙がにじんだ。隠したい場所を段階を踏んであらわにされていく過程に、羞恥を煽られ屈辱を刻みつけられる。

こらえきれず、顔をそむけたまま辻に頼んだ。

「もう……もういいでしょう？　早くしてください」

「へーえ、驚いたな。あの籠宮先生が、早く突っ込んでくれとおねだりか。クールビューティーだと思ってたら大した淫乱だったんだ」

「違……‼」

どんな弁解をしたところで、辻はわざと歪めて受け取り、瑛を辱める材料に使うだろう。そうとわかっていても、揶揄が心に痛い。せめて早くすませて、解放してほしかった。

「なんでも言うことを聞くって約束だろう。めったにできない経験だから、お医者さんごっこをじっくり楽しませてもらうさ。さあて、視診の次は触診だ」

辻が診察台の前を離れる気配があった。何をする気かと不安になり、瑛は目を開けて姿を追った。

辻が歩み寄ったのは、診察用の器具を乗せたワゴンだ。本当ならこんなふうに埃がかかるような場所には置かず、すぐに使わない器具は片づけておくべきなのだが、そこまで手が回らなかったらしい。

ワゴンを瑛の前へ押してきた辻は、ゾンデを取り上げた。太さ二ミリほどの、先端が丸くなった細長い金属棒で、傷にそのまま差し込んで深さを確認したり、深い傷の奥へガーゼを押し込んだりする時に使うものだ。大きく広げられた瑛の下肢の間へ体を割り込ませ、辻はゾンデを見せびらかしつつ、瑛の肉茎をつかんだ。

「残念だな。器具の棚に鍵がかかってなかったら、カテーテルを突っ込んで導尿してやったのに。対人恐怖症を気取ってたお前が、人前で小便を漏らすなんてどういう気分か、聞いてみたかったよ。まあ、尿道ブジーだけでも経験してみろよ」

「や……ま、待ってください、先生。キシロを……」

何をされるのか理解し、瑛はかすれた声で懇願した。医療処置として尿道へ管を差し込む時には、皮膚吸収性の麻酔薬であるキシロカインゼリーを、潤滑剤も兼ねて尿道口と器具の両方にたっぷり塗りつけるのが原則だ。

けれども辻はせせら笑い、ゾンデを瑛の口元へ差し出した。

「キシロなんか塗ったら感度が鈍くなるだろうが。唾で充分だ。予行演習のつもりでしっかり舐めるんだな」

どうしようもない。唇に押し当てられたゾンデに、瑛は舌を這わせた。金属はすぐに瑛の体温を吸って生暖かくなった。

「そうやって舌を出してると、エロいな。普段の取り澄ました顔とは大違いだ」

ゾンデが充分唾液で濡れたのを見すまして、辻は瑛の肉茎をつかんだ。

「……あぁっ！」

耐えきれず、瑛の口から悲鳴がこぼれた。

痛みとも疼きともつかない、どう表現していいのかわからない異様な感覚が尿道を貫く。先端が丸くなった金属棒が狭い肉孔を犯し、ゆっくり奥へ侵入してくる。針が皮膚に刺さる鋭い痛みの方が、ずっとましだと思うほど不快で、ただひたすらに気持ち悪かった。

「やめ……あっ、ぁ……やめてください、お願いですから……くぅっ！」

「そうか、じゃあ抜こう」

意外にあっさりと辻は頷いた。ゾンデを差し込むのをやめて、引く。

「……ぁは、ぁっ……」

金属棒が、そのなめらかな表面で尿道の粘膜をこすりながら抜けていく。精液がこぼれ出る時の射精感に近い感覚が、瑛の脊髄を駆け上がった。反射的に口からこぼれた喘ぎは、自分で聞いても恥ずかしいほど甘かった。

だがゾンデは完全に抜ける手前で止まった。

「なんだ、籠宮。喜んでるじゃないか。なら、もう一度入れるか？」

「ち、違……あぁぁっ！」

ゾンデに再び深く尿道を犯され、瑛は悲鳴をあげた。辻が自分の顔を覗き込み、表情を見て楽しんでいるのはわかっていたが、どうにもこらえきれなかった。ゾンデを差し込まれれば、苦痛と違和感に身をよじらずにはいられない。逆にするりと抜けていく疑似射精感を味わわされると、甘い電流が全身を貫くようだ。いやでたまらないのに、感じてしまう。

竜樹に力ずくで犯されて前立腺を責められた時と同じだった。嫌悪感で心が壊れるのを防ごうという無意識の反応なのか、体が瑛の意志を無視して応《こた》え始めている。

（いやだ……いやだ、こんなのはいやだ！）

感じている自分を認めたくなくて、顔をそむけ目を閉じた。けれども、

「勝手に目を閉じるな。ちゃんと見ろよ、籠宮。お前の体がどうなってるか」

命じられては逆らえない。言われるがままにまぶたを開ける。辻の、淫らで勝ち誇った笑いがまず目に入った。

「対人恐怖症なんて、大嘘だな。ビンビンになってるじゃないか」

「……くっ……」

恥ずかしさと情けなさで何も言えない。見なくてもわかっていた。何度も抜き差しされる

間に自分は硬く勃ち上がっている。丸い先端が濡れ光っているのは、差し込む前にゾンデを舐めた時の唾液ではない。ゾンデと尿道口の隙間からにじみ出した先走りだ。

「肩を叩かれたり、手を握られるのも無理とか言ったくせに……信じ込んで気を遣っていた俺を、陰で嗤《わら》ってたんだろう」

吐き捨てるように言い、辻はゾンデを抜き差しする手の動きを速めた。同時にもう片方の手で、瑛があふれさせる蜜を、敏感な粘膜や裏筋に沿って塗り広げる。

「はぅっ！　許し……許して、くださ……あぅっ！」

尿道を犯す金属棒と、表面を撫でさする指に責められ、瑛は身をよじって懇願した。強制された快感なのに、体は抗えない。腰に熱が集まり、出口を求めてたぎり立つ。裏筋を撫でられ、ゾンデを動かされるたびに、拘束された体がびくびくと跳ねた。

「イかせてください、って言え。そうすればやめてやる」

生暖かい息が顔にかかるほどの近さで囁かれると、気持ち悪さに背筋がざわついた。何も考えられず、瑛は『やめてやる』の言葉にすがりついた。

「イかせて……イかせてくださいっ……あ、ぁああ‼」

口走った瞬間、勢いよくゾンデを引き抜かれた。同時に昂りを、根元からしごき上げられ、腹へ押しつけられる。ほとばしり出た熱い液は、前を開いた瑛の白衣とその下のワイシャツにかかった。

「は、ぁ……」

瑛は背もたれに身を預けて放心した。シャツの生地が濡れて、生暖かく肌に貼りつく。

「お前ばかり喜ばせてもしょうがない。そろそろ俺にもサービスしてもらおう」

うわずった声でいい、辻が自分のベルトに手をかけた。ズボンのファスナーを下ろして肉茎をつかみ出し、瑛の顔の方へ回る。手に持ったコントローラーで診察台の角度を調整し、自分の腰と瑛の顔の高さが合うように背もたれを倒した。

「どうすればいいか、わかってるよな?」

にやにや笑いながら、瑛に念を押す。ゾンデを瑛に舐めさせる時、予行演習と言ったのはこういう意味だったのだ。瑛をいたぶる間に興奮していたのか、辻の牡はすでに天を向いてそそり立っていた。

横を向いた瑛は舌を突き出して舐めようとした。が、辻が腰を引く。

「つ、辻先生……」

「なんだ?　どうした、言いたいことがあるなら言えよ。……おっと」

できるだけ首を伸ばし舌を届かせようとしても、よけられる。両手を背もたれの後ろへ回して縛られているため、頭を動かせる範囲は限られている。わざと舐めさせないようにして、からかっているのだ。

だからといって瑛が口腔《こうこう》奉仕をしなければ、何かの形で報復されるに違いない。情けなさに涙がにじむのをこらえ、瑛は屈服の言葉を口にした。

「お願い、します……動かないで、舐めさせて、ください」

「なんで？　籠宮先生が誰の何をどうしたいのか、わかりやすく言ってもらわないとわからないな。医学用語じゃだめだぞ。何がしたいんだ？」

「辻先生の、×××を、舐めたい、です」

「はははは っ。そうなんだ、籠宮先生は男の×××が大好きなんだ？　覚えてるか、お前、去年ナースがおふざけで集めたアンケートで、知性派イケメン部門のトップに名前が出てただろ。そのお前がホモで×××をしゃぶるのが大好きなんて、みんなが知ったらどう思うだろうな？　そんなに好きなら舐めさせてやるよ、ほら」

嘲りの言葉のあと、辻は瑛の口元へ猛り立った牡を押しつけてきた。

瑛が口を開くと、勢いよく押し込んでくる。さらに、首を横に向けた瑛の髪を鷲づかみにして頭を固定し、乱暴に腰を揺すった。

「んんっ！　ぅ、んうーっ！」

髪を引っ張られる痛みと喉を突かれる苦しさに、瑛は呻いた。

「どうした、ちゃんとしゃぶれ。舐めたかったんだろう。舌でじっくり味わったり、頬をすぼめて吸ったりしてみろ。……うまいか、どうだ⁉」

「むぅ……ふ、ぅっ！」

歯を立てれば怒りを煽るのがわかっていたし、それ以上に気持ち悪くて噛みたくない。瑛は命じられた通り、舌を這わせたり、先端を吸い上げたりした。辻の牡が口の中で硬さを増し、猛り立っていく。先端から苦い液がにじみ出すのがわかった。不快な熱と生臭さが口の粘膜に粘りつき、染み込んでいくような気がした。

充分に硬くなったところで、辻は瑛の口から引き抜いた。

「やればできるじゃないか。次までに、もっと上達しておけよ」

「次⁉」

耳を疑った。

「一回だけでいいって……‼」

「そんなことを言ったか？　覚えてないな。……いやならいいんだ。ズリネタの写真はたくさん撮ったし。見てるうちにうっかり手がすべって、インターネットに流しちまうかもしれないけどな？　本物とヤっていたら、写真を見ることもないだろうが」

辻はにやにや笑っている。

騙《だま》されたことがわかっても、瑛にはどうすることもできなかった。脅迫の材料を増やしただけだ。これからも犯されると知って、絶望感が深まる。

「今度は下の口でくわえさせてやる。嬉しいか？」

言いながら辻は、汗に濡れて頬や額に貼りついた瑛の髪を、指先でかき上げた。瑛は顔をそむけた。もはや嫌悪しか感じなかった。

当然その気持ちは伝わったらしい。辻が舌打ちをした。

「今更すました態度を取ってても無駄だ。ヤクザの情婦のくせして」

大きく広げた瑛の脚の間へと回り込み、腰をしっかりと抱えた。むき出しになっている後孔へ、瑛自身の唾液で濡れた牡をあてがう。一気に、沈めた。

「あうぅっ……‼」

瑛は悲鳴をあげてのけぞった。

潤滑のため唾液をまぶしてあっても、意味はなかった。瑛自身の体が緊張しきっている。肉孔は硬く締まって、異物の侵入を拒否した。それなのに辻は瑛の両脚を抱え、力ずくでねじ込もうとする。押し広げられる粘膜が引きつり、裂けそうに痛んだ。

「いや……いや、だ……やめ……あ、あっ……」

「何がいやだ。ヤクザならよくて、お前がこの病院へ来てからずっとフォローしてやった俺はいやなのか。ふざけやがって……‼」

怒りと憎しみに満ちた言葉が、瑛の心に突き刺さる。自分がこの病院へ赴任してきてからずっと、辻は自分を犯すことを考えていたのだろうか。それとも自分と竜樹の関係を知って、こんなふうに感情がこじれてしまったのか。

後者であってほしかった。今までの辻の親切が、下心からとは思いたくなかった。

けれども今、瑛を犯す辻からいたわりの気持ちは微塵も感じられない。瑛を征服し自分が快感を得ることしか考えていないような勢いで、乱暴にねじ込んでくる。

「あっ、ぁうっ！　いた、い……いやだ、誰か……」

誰に助けを求めればいいのか、わからない。七年前の事件以来、誰にも言えない秘密を抱えたことから、それまでの友人とはうまくつき合えなくなり、疎遠になった。もともと恋人はいないし、この病院へ赴任してから一番親しかったのは、積極的に世話を焼いてくれた辻だった。——誰も、いない。自分には誰もいない。

瑛を犯す熱はなおも荒々しく内部を突き上げ続けて、苦痛以外の何ももたらさなかった。いっそ気を失ってしまえたらどれほど楽だろう。

(誰か……助け……)

霞む瑛の意識の中を、ぼんやりとしたイメージがよぎった。光の強い眼差しは、時に獣じみた凶暴性を宿し、またある時には迷子の子供のように頼りなく沈む。怒ると、頬に走る斜めの傷が白っぽく浮き上がる。

(なぜだ？　僕は、いったい……)

どうして佐上竜樹の面影が浮かぶのか。自分の名を呼ぶ声までもが聞こえてくる気がする。いや、それだけでなくドアの開く音と、荒々しい足音まで——。

「……っ⁉」

声にならない驚愕の気配があった。瑛を犯していた辻が、ずぷっと勢いよく抜けていく。

瑛は我に返り、目を開けて頭を起こした。

鈍い打撃音が響き、下半身丸出しの辻がよろめいて壁にぶつかるのが見えた。それを怒りに歪んだ形相で見据えているのは、ついさっき瑛の脳裏をよぎったのと同じ顔だ。怒りに紅潮した頬の中で、斜めに走る傷が白く浮き上がっている。

「この屑が……‼」

声量を抑えている分、内にこもった憤りの気配が強く伝わってくる声だった。

下ろしたズボンに足を取られて辻がよろめく。

竜樹は反撃の隙さえ与えず、鳩尾《みぞおち》へ膝蹴《ひざげ》りを入れた。辻が苦しそうに呻き、体を二つに折った。おそらくこれで戦意はなくなっただろうに、竜樹は容赦せず、側頭部へとどめの肘打ちを叩き込んだ。

辻が床へくずおれた。意識を失ったらしく、棒のような倒れ方だった。

竜樹が診察台に駆け寄ってきた。

「大丈夫か。……畜生、まさかこんなことになってるなんて」

瑛は顔をそむけた。助けられたという安心感よりも、大きく脚を広げて下半身を晒した姿勢が恥ずかしくてたまらない。何があったか、竜樹にはわかったはずだ。

「いやだ、見る、な……こんな、の……見ないで、くれ……」

「今更……いや、わかった。気にするな。あんたは何も気にしなくていい」

過去に竜樹はさんざん瑛を犯して、何もかも見ている。けれども心中を思いやってくれたらしく、斜めに倒れていた台を起こすより先に、たくし上げられていた白衣を引き下ろして瑛の下腹を覆った。

「どうして、ここに……」

瑛は、竜樹に問いかけた。こぼれた声はかすれて、自分でも聞き取りにくい。それでもちゃんと伝わったようだ。手足を止めたベルトを外しながら、竜樹が答える。

「健輔《けんすけ》に喉飴《のどあめ》を買いに行かせたら、通用口から出る時にあんたが誰かとここへ入るのをちらっと見かけたらしい」

「飴……?」

健輔というのが誰かは知らないが、きっと竜樹のつき添いをしている組員だろう。それより強面《こわもて》のヤクザには似合わない喉飴という言葉に、つい問い返さずにはいられない。

「禁煙しろってあんたが言ったんだろうが。あれ以来、一本も吸ってない。とにかく健輔が俺の病室へ戻ってきたあと、鼻血を噴きそうな顔で喋り出したんだ。主治医が病院内でこそこそ逢《あ》い引き中だって。健輔の奴はまだ二十だから、産婦人科って字を見ただけで興奮したみたいだ。相手の顔は見えなかったけど、あの雰囲気は絶対に仕事じゃない、デートだ、産婦人科の機械でエロプレイを楽しんでるんだって……あ。いや、すまん」

「当たってるじゃ、ないか……」

「そういう自虐的な言い方はよせ」

「見た、だろう？　お前が以前、言った通りだ……僕は誰が相手でも、触られれば感じてよがる、淫乱な変態……」

「やめろ！」

強い口調で竜樹が遮った。瑛を見つめる眼に、やるせない色があった。

「前に俺が言ったことは、謝る。体は反応したかもしれないが、あんたは楽しんでたわけじゃないだろう。自分を責めるな。……あんなふうに言って悪かった」

竜樹の謝罪は二度目だ。当惑に目を瞬《しばたた》く瑛を診察台から助け下ろす間も、竜樹は自分の行動を悔やんでいた。

「畜生。もっと早く来ればよかった。対人恐怖症でクソ真面目なあんたが仕事中に逢い引きはしないだろうと思って、様子を見に来たんだ。健輔の奴、コンビニへ行くのをやめて俺のところへ教えに来ればよかったのに。そうすればあんたがこんな思いをする前に助けられた。……いや、やっぱり俺が、あれこれ考え込んだのが悪い。意外とあんた、ナースか誰かを相手によろしくやってるのかもと思うと、腹が立って腹が立って……もしただのデートなら、わざわざ確かめに行く俺はただの馬鹿だし……いや、つまり、その……」

言葉の後半は不明瞭《ふめいりよう》になった。

瑛を下ろしたあと、竜樹は籠に入れてあった衣類を取ってきてくれた。受け取りはしたものの体に力が入らず、自分で身支度できない。床にへたり込んでいるのを見かねたか、竜樹が不器用な手つきで下着やズボンをはかせ、シャツのボタンを留めてくれた。

服を着るのを手伝ってもらいながら、瑛は尋ねた。

「鍵は……壊したのか?」

辻は瑛を連れて産婦人科外来に入った時、ドアに鍵をかけていたはずだ。

「いいや。あっちの部屋の窓を開けて入った。アルミサッシのクレセント錠なんか、コツさえつかめば外から簡単に開けられる」

中待合室には明かり取りのため、模様ガラスの入った窓がある。竜樹はそこから産婦人科の診療スペースへ入ってきたらしい。

「そうか……じゃ、警察が呼ばれたりは、しないんだ」

「心配するな。俺は誰にも言わないし、健輔にも口止めした。あとは……」

竜樹が険しい表情になって視線をめぐらせた。その先にいるのは、床に倒れている辻だ。

「あいつを殺せばすむ」

無造作な言い方が、逆に本気を感じさせて危ない。瑛は竜樹の腕に手をかけ、制止した。

「よせ。そんな、無茶な真似」

「庇うのか」

「違う。でもあとがどうなるかを考えてみろ。警察の手が入ったら、ただじゃすまない」

人として医師として、殺人という行為への嫌悪感はもちろん持っている。けれどそれ以上に、竜樹に殺人罪で逮捕されてほしくはない。

竜樹の眼が迷うように揺れた。床に散らばった器具や、ついさっきまで瑛が拘束されていた診察台、そして瑛本人を見比べる。

「そうか。ヤクザ同士の殺し合いと違って、一般人の殺しじゃ警察の捜査も真剣だろうな。足取りを調べるうち、今日のことが表沙汰になるかもしれないってことか」

「あ……」

「あんたを困らせるつもりはない。わかった、口封じじゃなく口止めにしておく」

竜樹は、瑛が関わり合いになるのを恐れて、辻を殺すのを止めたと解釈したようだ。そうではないと説明するより早く、瑛から離れて辻のそばへ歩いた。途中で床に落ちている携帯電話に目を留め、振り向いて尋ねてくる。

「あんたのか?」

首を横に振ると、竜樹は寄せた眉根に怒りの色を濃くして、携帯電話を拾い上げた。どういう使われ方をしたか悟ったのだろう。二つにへし折って床に捨て、それでも気がすまないのか、踏み砕いた。

その音で意識が戻ったらしい。辻が呻いて、上体を起こそうとした。

だがその前に竜樹がそばへかがみ込み、胸倉をつかんで勢いよく引き起こした。廊下へ聞こえないようにという用心か、発した声は低い。

「目が覚めたか。……本当は殺してやりたいが、止められた。今回だけは許してやる」

「ふざけるな！　ヤクザ風情が、調子に乗るなよ。お前たち二人とも、病院にいられなくして……うぐっ！」

どこをどうされたのか、竜樹を罵っていた辻が悲鳴をあげてのけぞる。

「それは俺の台詞だ。二度と先生に手を出すな。口もきっちり閉じておけ。もし妙な噂が広まったら、お前を殺す。単純に殺されるだけじゃ物足りないのなら、モルヒネの横流しか保険金詐欺の証拠をでっち上げて、医師免許を取り上げて社会的に抹殺するオプションをつけてやる。親兄弟はさぞ肩身が狭いだろうな」

「や、やめろ。卑怯《ひきょう》だぞ」

「お前が言うな。……そうやってお膳立《ぜんだ》てしたあとなら、お前が失踪しても誰も怪しまない。人知れずどこかで自殺したとでも思うだろうよ」

「……」

「ヤクザに喧嘩を売ったんだ、楽に死ねるとは思ってないだろう？　もちろん期待に応えてやるさ。まずは生かしたまま腎臓や角膜、売れる部分を全部取る。生体の方が高値がつくからな。息の根を止めるのはそのあとだ。残った部分は粉砕器にかけて、家畜や養殖魚の飼料にする。誰にもわかりゃしない。人一人消すなんて簡単なことなんだ。……いいか、一回だけチャンスをやる。だが覚えておけ、極道を怒らせたら時効はないぞ」

本職だけあって脅し方が堂に入っている。声を低く抑えているのが逆に凄みを感じさせた。瑛がそう感じたぐらいだから、脅されている辻には竜樹の迫力がまともに伝わったのだろう。虚勢は完全に崩れ去り、青い顔で何度も頷いた。

「あとを片づけておけ」

辻に命じて、竜樹は瑛を支え、産婦人科外来から連れ出した。

時刻が遅いせいで、廊下に人気はない。助かったのだと思うと気がゆるんで、足の力が抜けた。がくっと膝が折れる。竜樹が脇に回した腕に力を込め、慌てた口調で問いかけてきた。

「どうした⁉　大丈夫か、どこか痛むか？　怪我をさせられたのか？」

「大丈、夫……平気だ」

「平気な顔色じゃないぞ。……どうする。俺は、どうすればいい？」

言葉をぶつ切りにしたような問いかけは、苦渋に満ちている。まるで自分自身が傷つけられたかのようだ。瑛は呟いた。

「早く帰りたい。家に帰って、体を洗いたいんだ」

「わかった。どこだ。連れて帰ってやる」

「無断外出は……」

「余計なことに気を回すな。大丈夫だ。今は症状が落ち着いてる、運転ぐらいできる。あんたは今運転に集中できる状態じゃない。確実に事故を起こすぞ」

「だったらタクシーを使う」

「余計にだめだ。俺が家まで連れていく。他の奴に、こんなあんたを見せられるか」

さっき辻を殺すなと止めた時には瑛の言葉を聞いてくれたが、今回は譲歩してくれるつもりはないらしい。早く決めなければ、誰かが通りかかるかもしれない。

「わかった。任せる。医局棟へ連れていってくれ。鞄《かばん》も鍵もロッカーの中なんだ」

そう頼むと、竜樹はほっとしたような顔で頷いた。


職員用の駐車場へ出るまでの間、誰にも行き会わずにすんだ。竜樹はパジャマにカーディガンという格好のまま車を運転して、瑛をマンションまで連れ帰ってくれた。

助手席に座っている間に体の震えは止まったが、車を降りて歩こうとするとふらついた。支えてくれる竜樹の手は、入院中の病人とは思えないほど力強い。

「すまない。患者なのに……」

「気にするな。あんな目に遭わされたら当然だ。あの下衆《げす》野郎……いや、俺が言える立場じゃないんだけどな」

気まずそうにつけ足したのは、初めに瑛をレイプしたのは誰だったかを思い出したからかもしれない。

鍵を開けて部屋に入った瑛は、まずシャワーを浴びることを希望した。竜樹が助けに来てくれたおかげで、射精にまでは至らなかったが、辻にさんざんいじり回され、貫かれた。その感触が皮膚や粘膜に粘りつき、気持ち悪くて仕方がない。

だがバスルームへ行こうとすると、竜樹がついてくる。

「……なんの用だ」

考えてみれば、部屋に着いた時点で帰ってもらってもよかったのだ。辻から助けてここまで連れ帰ってもらっておいて、茶の一杯も出さないのが非礼なのはわかっているが、心の余裕がない。それは竜樹にもわかりそうなものだが、なぜ帰らないのだろう。例によって自分を犯そうと思っているのだろうか。それにしては、押し倒しにかかる気配がない。

「助かったけれど、早く病院へ帰らないと無断外出がばれるんじゃないか」

重ねて言うと、竜樹はきまりが悪そうな表情で視線を逸らした。

「いや、ふらふらで危ない感じだから、シャワーを浴びている時に倒れやしないかと思って……そばについてた方がいいだろう?」

どうやら心配してくれているらしい。しかもそのことに自分で照れているらしく、頬が赤らんで傷が白く浮き上がっている。過去の行動を思うと、とても信じられない。瑛はまじまじと竜樹の顔を眺めた。

瑛の視線の意味を勘違いしたらしく、竜樹は仏頂面になった。

「わかったよ。あんたにしてみりゃ、俺もあの医者の同類だろうからな。警戒して当然だ」

「そういう意味じゃ……」

「外にいればいいんだろう。バスルームのドアの前で、シャワーの間にあんたが倒れやしないかどうかだけ見張らせろ。そのあとはすぐ帰る。早くしろ。……って、脱がなきゃ入れないか。見ないから、さっさと脱いで中へ入っちまえ」

そっぽを向いて壁にもたれている。産婦人科外来で助けられた時に瑛が見るなと言ったのを覚えていて、気遣ってくれているらしい。最初の頃、無理矢理自分を犯した傲慢《ごうまん》さが嘘のようだ。

背を向けて瑛は汚れた服を脱ぎ、バスルームに入った。浴槽に湯をためる間に、熱いシャワーを浴び、タオルで体中をこする。辻の手に触れられた記憶を消したかった。だがなかなか消えない。二の腕などは服の上からつかまれただけなのに、思い返すと気味悪くて鳥肌が立つ。無茶苦茶にこすっていると、切迫した竜樹の声がした。

「……おい！　どうした、返事をしろ！」

「あ……大丈夫だ」

皮膚をこするのに夢中になっていたのとシャワーの音で、話しかけてきた竜樹の声が耳に入らなかったらしい。気づけば左腕がひりひりしている。これ以上続けたら赤剝けになってしまいかねない。

「ぶっ倒れてないだろうな」

「違う。水音で聞こえなかった」

「本当か？　気絶してたんじゃないのか。気を揉ませるなよ」

シャワーを止めて、瑛はバスタブに身を沈めた。さんざんこすった肌に熱い湯がしみる。痛みが厭わしい記憶を打ち消してくれる気がして、瑛は深く大きく息を吐いた。

バスルームのドア越しに、竜樹の声がする。

「いいか、俺が喋るから相槌を打て。つまらない話だが、目が覚めてるってことの確認だ」

「そんなことまでしなくても……」

「いいから聞け。大した話じゃない。……俺が小学生の時、同じクラスにいやなガキがいたんだ。よく休むし成績は悪いし、ひねくれてて乱暴で、友達の一人もいないような奴だ」

一方的に竜樹は喋り出した。もしかしたら彼が話をしたい気分なのかと気づき、瑛はドア越しの声に耳を傾けた。

「俺も別に仲がいいわけじゃなかったが、そのうち気がついた。遠足とか社会見学とか、給食の出ない日があるだろう。そいつは弁当を持ってこない。パンやコンビニおにぎりを一個だけでも持ってくる時はまだいい方で、水ばかり飲んでることもある」

「つまり、弁当を作ってもらえなかった?」

「多分な。だから俺は遠足の日、親に頼んで二つ弁当を作ってもらったんだ。今時のキャラ弁なんかじゃないぞ、小学生男子向きにガッツリ量があって、見た目も綺麗な弁当だ。タコのウィンナーにエビフライ、卵焼き、あとは忘れたがミニトマトかブロッコリーか、とにかく彩りがよくて、海苔《のり》を巻いたのとゴマのと、おにぎり二種類を交互に並べて」

「よく覚えてるんだな」

「そのあとが悪かったからな。遠足はハイキングだった。昼休憩になって、俺は弁当を持って、そいつのところへ行ったわけだ。『お母さんが山登りはおなかが空くからって言って、二つも作ったんだ』って下手くそな嘘をついて。ところがそいつは、差し出した弁当を引ったくったと思ったら、崖下《がけした》に向けて投げ捨てやがった。人の親切を踏みつけにした、最低な奴だ。……あんたもそう思うだろう?」

「そのあと、どうなったんだ」

「別に。そいつはとっとと転校していったよ。口に出してみると、つまらない話だな」

苦笑混じりの口調で、竜樹は話を締めくくった。

小学生の頃からずっと抱えていたのなら、それは決して軽い記憶ではないのだろう。竜樹の思い出話の中に、自分と似た登場人物を見つけ、瑛はゆっくりと答えた。

「つまらなくなんかない。哀《かな》しい話だと思う。君もそうだけど、弁当を拒否した同級生も、きっとつらかったはずだ」

「……なんで、そいつが」

一瞬間を置いたあと、竜樹が訝《いぶか》しげに問いかけてくる。

「なぜそう思うんだ」

「僕の経験から。弁当じゃなかったけれど、似たような思いをしたことがある」

「あんたが？」

心底不審そうな声が返ってくる。確かに、説明しなければ理解してはもらえないだろう。

「みっともない話だけどね。……僕の通っていた高校は、試験の上位五十名の名前と点数を廊下に貼り出す習慣で、僕は三年間通していつも二位か三位だった」

「すごいな」

「そうでもない。一位にはなれなかったんだから。トップはいつも同じ生徒だったよ。どうしても勝てなかった」

「あんたがそんな、順位に執着するガリ勉には見えないんだが……」

「最初のうちは順位じゃなく、自分自身のミスに腹を立てていたんだ。全教科で満点を取りさえすればトップになれる、そうわかっているのに必ず一つか二つミスをする。それと、死んだ父が負けず嫌いな性格で、いつもいつも『また二位か、どうして一位になれないんだ』と責められて……期待に応えたかったんだろうな。いつのまにか知識を得るより、順位を上げることが目標みたいな勉強の仕方になった。二年、三年と進級してもだめだったけれど、三年生の一学期、初めて学年一位になった」

ただしそれは、強く望んだ自力でのトップではなかった。いつも一位を取り続けていた秀才が、試験の最終日に急性虫垂炎になったためだ。腹痛を覚えた彼は、最終教科の試験の途中で退室し、点数を落とした。

こういう形での一位獲得自体が瑛にとっては不本意だったし、退院してきた秀才が友達を相手に、

『ま、たまには他の奴の名前が先頭ってのも面白いんじゃねーの？』

と笑いながら喋っているのを見ては、なおさらだった。

あの時の敗北感と悔しさが胸に甦る。時間という薬のおかげで、プライドを切り裂かれる鋭い痛みはなくなったけれど、味わった苦みはまだ覚えていた。瑛は苦笑混じりにドアの外の竜樹に向かって話しかけた。

「今にして思えば馬鹿馬鹿しい話だけどね。田舎《いなか》の進学校の一位二位なんて、大学医学部の中じゃごく標準レベルでしかないんだ。人並みに二つ三つ赤点を取ったりして、やっと変なこだわりから抜け出せた。……でもあの時の気持ちは忘れない。ほしくてたまらないものだからこそ、恵んでもらうっていうのはつらいんだ。プライドがずたずたになる」

「……」

「勘違いしないでくれ。友達の分まで弁当を用意した君は本当に親切だったし、拒否されて腹を立てたのもわかる。……でもきっと、その子もつらかったと思うんだ。幸せな家庭の象徴みたいな献立じゃないか。ほしくてたまらなくて、だけど手に入らない自分の境遇が悔しくて、気持ちの整理がつかずに乱暴な真似をしたんだろう」

「あんたは、テストのあとどうしたんだ。その気取った優等生をぶん殴ったのか」

「まさか。そんな度胸はなかったよ。自力で一位になれない自分が情けなくて、聞こえなかったふりで廊下を通り過ぎたけれど、君が渡した弁当を捨てた子の気持ちは想像がつく。とっさに手が出てしまったんだろうな。あとできっと、その子は自分自身に腹を立てて、自分がしたことを後悔している。……君はいいことをしたんだ。親切をはねつけられて悔しかっただろうけど、もう許してやってくれ」

そうつけ足し、瑛はバスタブから出て上がり湯のシャワーを浴びた。竜樹がドアの前を離れる気配があった。「喉が渇いた」と言うのが聞こえたから、キッチンへ行ったのだろう。

思った通り、体を拭きパジャマを身に着けた瑛が、髪をタオルで拭きながらリビングへ行ってみると、竜樹が冷蔵庫の横に立って缶ビールを飲んでいた。

瑛を見てハッとしたように目を見開いたあと、急に横を向き、目を瞬く。頬に赤みが差したのはビールの酔いか、それとも盗み飲みを咎められるとでも思ったのだろうか。強盗強姦も平気なヤクザに似合わないと、瑛は肩をすくめて言った。

「ビールぐらい好きなだけ飲めばいい。大して買い置きしていないけれど、半ダースくらいは入っていただろう」

「いや、もういい。……帰る。俺が出たあと、きちんと戸締まりをしておけよ」

瑛の返事も待たずに竜樹は缶をシンクに置き、玄関へ向かおうとした。

「帰るのか？　本当に？」

何気なく問いかけたあと、瑛は一人で狼狽《ろうばい》した。

なぜこんな言葉が自分の口からこぼれたのだろう。この部屋は対人恐怖症の自分にとって、唯一安心できるテリトリーのはずだ。他人の侵入を許すべき場所ではなかった。まして相手は自分を犯した竜樹だ。

「いや、その格好で……病院のパジャマじゃないか」

「あんたの服を借りてもサイズが合わない。携帯は持ってる。電話して車を回させるさ」

慌てて取り繕った言葉は、不審がられずにすんだようだ。こちらへ背を向けていた竜樹は、瑛がうろたえているのに気づかなかったらしい。それとも竜樹もまた、己の心の動きに気を取られていたのか。

「あんたが湯上がりのほてった顔なんか見せるから悪い。思い出してむらむらしてきた」

「……」

「あんたがいたぶられてるのを見た時は、あの屑野郎に腹が立って、ぶっ殺したいっていう気持ちだけだったのに。畜生……あんな姿、見るんじゃなかった。そばにいたら犯りたくて我慢できなくなる」

さんざん好き放題な真似をしてきたくせに、今更なぜ殊勝な口を利くのだろう。竜樹はどうかしている。けれどももっとどうかしているのは、竜樹を引き止めようとした自分だ。

腹立ち紛れに、瑛は捨て鉢な口を利いた。

「犯ればいいだろう」

「いいのか⁉」

竜樹は勢いよく振り向いた。だが瑛の顔を見て何か感じたらしい。気まずそうに目を逸らして繰り返した。

「あ……やめる。いやなんだろう？　やめておく」

「らしくもないことを」

吐き捨てた瑛に再び背を向け、竜樹は呟いた。

「俺もそう思う。だけど……今更だとは思うけど、あんたを傷つけたくない」

「本当に今更だ」

「わかってる。わかってるんだ。今更、どうしたって取り返しはつかないってことは。だけどもう傷つけたくないんだ。俺はあんたに……」

ドアの開く音に紛れて、最後の二言三言が聞き取れない。いや、聞き取ったつもりだったが、信じられない。

「待て。今、なんて……」

「ヤクザに好かれても迷惑だろうってのは、わかってるんだけどな」

自嘲の言葉を残してドアは閉まった。慌てて追いかけたが、玄関で靴をつっかける時によろけて手間取った。ドアを開けて外を見回しても、もう共用廊下に竜樹の姿はなかった。エレベーターで下りていったのだろう。瑛は溜息をついてドアを閉め、鍵をかけた。

寝室へ行き、疲れきった体をベッドに横たえて、ぼんやりと考えた。

（さっきの台詞……本気で言ったんだろうか）

ドアが閉まる間際に竜樹がこぼした言葉は、『俺はあんたに惚《ほ》れたらしい』と聞こえた。

（そんなこと、あるものか。今までさんざん好き放題な真似をしてきたくせに。惚れたなんて言って、結局はただ犯りたいだけだろう）

だがさっきの竜樹は、瑛の心情を気遣い、手を出すことなく帰っていった。辻から助けてくれたし、石谷にからまれていた自分をさりげなく逃がしてくれたこともある。今までの竜樹とは明らかに変わってきている。

『もう傷つけたくないんだ。俺はあんたに惚れたらしい』

低声の呟きを思い返すと鼓動が速くなり、顔がほてる。

気がつけば、辻にさんざんいたぶられ犯されたあとだというのに、その記憶は薄れている。

耳の底で反響するのは竜樹のためらいがちな告白だし、肌に残る記憶は辻の手やゾンデではなく、診察台から助け下ろし、服を着せてくれた竜樹の手だった。

　個人的な話などしなければよかったのだ。幼い時の思い出まで聞いてしまっては、憎み続けられない。

（あいつ、どこでねじ曲がってしまったんだ。小学生の頃は、友達のために親に頼んで弁当を作ってもらうほど、親切だったのに……ん？　待てよ。変だ）

　おかしい。屋上で話した時、竜樹は『自分をすぐ殴る親が嫌いだった』と言ったし、児童保護施設に入った経験もあるようだった。そんな家庭環境で、タコのウィンナーや二色のおにぎりなど子供の好きな物を集めた弁当を、友達の分までも作ってもらえるだろうか。

（もしかして、逆だったんじゃないのか？）

　そう思い至り、瑛は暗い部屋の中、ベッドに起き上がって考え込んだ。

　本当は、友達の親切に素直に応えられずに弁当を投げ捨てた子供が、竜樹だったのではないだろうか。それなら筋道が通る。

　竜樹は弁当の中身をとてもよく覚えていた。

　ずっと忘れられなかったのに違いない。自分のしたことだからこそ、その行動をひどく罵ったのだろう。悔やんでいたのだろう。

　だとしたら多分、自分に加えた暴行を悔やむ様子を見せていたのも本当のことで――。

「……くそ」

気づかなければよかった。憎む気持ちがさらに薄れて、心が反対側へ傾いていく。

どうして、竜樹の手の感触が慕わしいのか。広い胸に抱きしめられて口づけをかわしたことを、なぜ心地よく思い出してしまうのか。単に対人恐怖症が治ってきたのとは違う。辻の悪意に満ちた手は、これまで以上に厭わしく、怖かった。

竜樹が自分を変えたのだろうか。

(でも、だめだ)

少なくとも自分は、自分の罪を許せない。たとえ竜樹が許してくれてもだ。

(病院を辞めて、離れようか。いや、いけない。そんな無責任な真似。せめて第一期の治療が終わって退院するまでは、主治医として……何を言ってるんだ、嘘の告知をしておいて主治医ぶる気か、今更)

どうすればいいのかわからない。暗闇《くらやみ》の中、瑛は一人うなだれた。

5

「兄貴、なんの用事だったんですか？　そんな格好のままで外へ出たりして」

ハンドルを握る健輔が、ルームミラーで後部座席の竜樹の様子を窺って尋ねてくる。竜樹は「野暮用だ」の一言ですませた。瑛の身に起こった事態は、他の誰にも知らせたくなかった。幸い健輔は頭が回る方ではない。自分が見かけた『兄貴の主治医の院内デート』と、竜樹の外出を結びつけることはしないだろう。

「オンナっすか？　出かけなくても、誰か言ってくれれば病院まで連れてきますよ」

「今度オンナを連れ込んだら強制退院だと婦長に言われてる。いいから、お前は黙って運転に集中しろ。俺は寝る。病院に着いたら起こせ」

うるさいので、目を閉じて寝たふりをした。まぶたの裏を瑛の面影がよぎる。

（ヤバイ。本気でヤバイ）

竜樹の語彙《ごい》はあまり豊富ではない。そのため、今の心境を表すにはチンピラ時代に使っていたのと同じ、この言葉しか思い浮かばない。

自分でもどうかしていると思う。

七年前、初めて瑛を犯した夜には、反感しか持っていなかった。『弱いくせに偉そうな口を利く、自分が大嫌いなタイプのエリート』と思った。だから躊躇《ちゅうちょ》なくレイプした。

今回入院して顔を合わせた時も、昔に比べて脆《もろ》く危うい雰囲気が増し、色っぽくなったとは思ったが、好意など感じなかった。逆に、かつては自分に犯されて泣いた医者がクールぶって澄ましていると思ってむかついた。

今思えば、瑛がかつてのレイプ犯を見て平静でいられなかったのは当然だ。それでなくても対人恐怖症で、他人にぎこちない態度しか取れなかった瑛が、原因を作った竜樹に冷淡な態度を取っても、無理はなかった。けれども慣れない入院生活と先の見えない病名にストレスを抱えていた自分は、そのことに気づけず苛立って、またも瑛を犯した。

あの時、対人恐怖症で固まった瑛を、無抵抗だと思い込んだのが二つ目の勘違いだった。抱かれる気満々のくせに格好をつけていると腹を立てたから、その後も乱暴な真似を繰り返したのだ。

何か間違えたかもしれないと思ったのは、職員用トイレで瑛を犯したあと、他の医師の会話を聞いた時だ。もしや瑛は自分に犯されて心に深い傷を負ったのかと気づいた。

それでも過去の自分なら『傷つくのは弱いからだ。弱いから悪い。強くなって見返せばいい』と切り捨てただろう。だが自分が末期癌の恐怖に勝てないことを知って以来、そう主張できなくなってしまった。

だから瑛の、

『人が何に痛みを感じるかなんて、一人一人違うんだ。お前が今まで傷ついてきた理由は、すべて人から納得してもらえることだったのか』

という言葉が身にしみて、子供の頃の体験を思い出した。

マンションで瑛がシャワーを浴びている間に、自分が話した弁当の話には、嘘があった。自分は弁当を渡されて投げ捨てた側だったのだ。弁当を用意してくれたのは、優しくてクラスの誰からも好かれる人気者だった。

施しを受けたのが悔しくて腹立たしくて、思い出したくもないけれど、忘れることもできなかった。この苛立ちを解きほぐしてもらいたくて、仲間に話したこともあった。だが、『なんで？　腹減ってたんだろ。くれるってんなら、もらっておけばよかったのに』

皆そう言ってあきれるか馬鹿にするかだった。その反応を見て怒ると、ますます不思議がられる。

今までに噛わなかったのは、石谷ただ一人だ。

ただのチンピラだった自分が石谷に目をかけてもらえるようになったきっかけは、薬物中毒で線路に飛び込んだノブの死だった。あの時、警察は部屋にあった覚醒剤の入手経路について、同居していた竜樹が知っているはずだとにらんだ。同じ暴力団員同士で何も知らないはずはないと、参考人というには相当厳しい追及を受けたが、竜樹は、『ノブとは家賃を折半するため一緒に住んでいただけ。何も知らない』と、知らぬ存ぜぬで通した。

釈放後、ノブに覚醒剤の売人をさせていた組の幹部は、薬を押収された責任を竜樹に負わせようとした。死人を追及はできないが、末端価格にして一千万円近い覚醒剤を失い、大損をしたのは確かだからだ。

その時、『佐上はたまたま同居していただけで、本来は無関係。だんまりを通し、捜査が組に及ばないようにした根性をむしろ褒めるべき』と庇ってくれたのが、当時はまだ若衆だった石谷だ。石谷は竜樹の根性を買って、六分四分の兄弟分になってくれた。一般構成員と若衆では格が違うと恐縮する自分に、『俺がお前の根性を買ったんだ』と言い、あくまで弟分として遇してくれた。

恩を感じた竜樹は、忠実に仕えた。石谷が薬物を扱っていない点も嬉しかった。ノブの悲惨な死を見て以来、薬物はどうにも好きになれなかったのだ。

昔の思い出話をしたのは、なんのはずみだっただろうか。きっと嗤われると覚悟しながら話し終えたのに、石谷は満足げに頷いてくれた。

『偉かったな。さすが、俺が見込んだだけのことはある。お前は乞食《こじき》じゃない。男としてのプライドを守ったんだ。そいつは慈善家気取りでお前に弁当を恵んで、いい気分になりたかっただけだろうよ。……いいか竜樹、男は自尊心をなくしたら終わりだぞ』

褒められて、竜樹は一層石谷に心酔した。己の行動を肯定してもらったのが嬉しかった。頬の傷は石谷を庇ってできたものだ。抗争ではなく女がからんだ恨みで、犯人はナイフを振るい、本気で石谷を殺そうと襲ってきた。その時の働きや、抗争事件の際、身代わりで自首し二年服役したことから、ますます引き立ててもらっている。

ただ、一つだけ気にかかっていたことがある。

あの時自分に弁当を渡そうとしたクラスメートは、石谷が言うような慈善家気取りのいやな奴だったのかということだ。もう名前も覚えていない。ただ、弁当を引ったくって投げ捨てた時の、大きく見開いた眼——驚きと哀しみに彩られた眼だけは、今もはっきり記憶に残っている。もしかしたら、純粋な善意からの贈り物だったのかもしれない。

同情や憐憫《れんびん》が腹立たしいことに変わりはないが、もう少し違う断り方があったのではないか。遠足のあと一ヶ月もたたないうちに自分は転校したから、詳しい話をする機会はなかった。そのため疑問はどうしても抜けない棘《とげ》となって、竜樹の心に刺さっていた。

瑛は自分の思い出話に対し、石谷とは正反対の捉え方をした。

『つらかっただろうな』

いたわりに満ちた声が、耳の奥に残っている。

（いい声だよな。透明感があって……いつもあんなふうに優しく喋ってくれりゃいいんだが。いや、俺が怒らせてばかりいるんだっけか）

思い出すと胸が苦しい。

(もしあの時、弁当をくれたのが先生だったら……)

瑛なら、きっと善意をはねつけた自分を怒っただろう。けれどもそのあとできっと、自分がなぜ弁当を受け取らなかったかを理解してくれたのではないか。

『きっとその子は自分がしたことを後悔している。僕はどちらも可哀相だと思うよ』

瑛は、竜樹が立場を入れ替えて昔話をしたことを知らない。だからあれは、その場しのぎの慰めや世辞ではない。竜樹の行動に理解を示しつつも、石谷とは違う言葉を口にした。

理解してもらえるというのは、こんなに切なくなるものなのか。

(一見冷たくて、そのくせ意外なところで優しいって……反則だろ)

傷つくのは弱いせいだと言えなくなって――癌という逃れようのない恐怖に襲われて、傷つけられ踏みにじられる者の気持ちがわかった。自分は瑛に本当にひどいことをしたらしいと感じ始めた。

傷つけて悪かった、という気持ちが芽生えたあとは一直線だ。もう傷つけたくない、守りたい、大切な存在だ、そんなふうに変わっていくのに時間はかからなかった。

とどめは屋上で聞いた瑛の言葉だ。

『お前が許してくれても、僕が僕自身を許せない。いや、一生許してはだめだと思ってる』

中性的な外見に似合わないストイックで強い言葉に、心臓を鷲づかみにされた。本気で惚れてしまった。

そして自分はまた馬鹿な真似をやらかした。衝動に駆られて瑛を抱き寄せ、唇を重ねてしまったのだ。瑛は無抵抗だったが、おそらくは触れられて固まっていただけだろう。

（印象、最悪になったかもな。対人恐怖症で抵抗できないのを知っててキスしたって、思われてるだろうし……おまけにさっき、我を忘れて食いついた。あれはまずかった）

瑛の部屋を出る間際のことだ。

なにしろその直前、湯上がりで桜色に染まった体をパジャマに包み、濡れて一層つややかになった黒髪をタオルで拭いている姿を見せつけられ、かなり危険な状態だった。ムラムラする気持ちを抑え込んで帰ろうとしたところへ、『犯ればいいだろう』と言われ、飢えた野良犬が肉の塊を見つけた勢いで飛びつきそうになった。

だが振り向いた瞬間、まずいと思った。瑛の眼を軽蔑の色が流れたのが、眼鏡のレンズ越しでもはっきり見えたのだ。

すぐに前言撤回したけれど、瑛は自棄になって口走っただけだということぐらい、少し考えればわかることだった。辻にさんざんいたぶられて、心身共に疲れきっていたのだから。

瑛がほしい。だが嫌われたくはない。

（お笑い種《ぐさ》だな）

以前の自分なら、瑛の気持ちなどお構いなしで犯しただろう。今までは、生理的に溜まったら誰かを抱いて出すという、ただそれだけのことだった。見た目にある程度の条件はあるものの、それさえ満たせば相手は誰でもよかった。

けれど今は瑛の体だけでなく、心がほしいのだ。涙をにじませた顔にそそられるのは確かだが、それ以上に、緊張がゆるんでほっと一安心した瞬間の表情が愛《いと》おしい。担当患者が死んで、一人静かに目頭を拭っていた姿を見た時には、そっと抱きしめて背を撫でたくなった。踏みにじるのではなく、両手でそっと包んで守りたい。

（……無理だ。気づくのが遅すぎる。俺は本当に馬鹿だ）

日頃の仕事ぶりを見ていれば、瑛がどれほど職業的な責任感を強く持っているかはよくわかる。その瑛に、末期癌だと嘘の告知をさせるほど自分は憎まれた。

それを思うと絶望的に気が滅入る。

さらに肺癌という病気が厳しい。五年後、十年後、自分は生きているのだろうか。

極道として、組や兄貴分のためならいつでも死ぬ覚悟があるつもりだった。けれどもそれは抗争での死だ。癌という形で、緩慢に迫ってくる死は想定していなかった。副作用に耐えて治療をし、癌が治ったとして自分は何をすればいいのか。それを考えた時、極道のシノギに対する熱意が冷めていくのを感じた。

今の暴力団は、映画に出てくる任侠《にんきょう》の世界とはかけ離れている。重視されるのは男気ではなく、金だ。金を稼げない者は相手にされない。

東南アジアから観光ビザで入国した女を風俗で働かせ、縄張り荒らしから守り、警察につかまる前にうまく逃がす――女は手軽に金儲《かねもう》けして故郷の家族に仕送りができるのだから、いいことだと思っていた。しかしよく考えれば、家族のもとを離れ、知らない国の知らない男に身を任せたい女がいるわけはない。他に手段がないから、そうやって稼いでいる。

自分がしていることはいったいなんなのかと思った時、目標を見失った。

（どうすりゃいいんだ、俺は……）

瑛のことも、病気のことも、仕事も、すべての面で行き詰まっている。寝たふりをしていたことも忘れて、竜樹は大きな溜息をついた。

前夜の一件で疲れ果てているだろうに、翌日、瑛はいつも通りに出勤して受け持ち患者全員の様子を見て回り、竜樹の個室にも来た。

聞きたいことは山ほどあった。体は大丈夫なのかと思うし、精神的なショックはそれ以上に心配だし、柄にもない告白をした自分が今になって恥ずかしくて、昨日の話は忘れてくれと頼みたいような、好きになってくれとは言わないからせめて嫌わないでくれと懇願したい気もある。だが実際には何も言えなかった。つき添いの組員が部屋にいたからだ。

瑛は普段と変わりないように見えた。放射線照射による胸の乾燥性皮膚炎の状態はどうか、他の副作用は出ていないかと尋ねたあと、廊下へ出ていった。

その後ろ姿を見送って、つき添いのマサルがのんきな口調で言い出した。

「美人ですねえ。それにやっぱ、頭のよさそうな喋り方しますねえ。医者だし、本当に頭いいんでしょうねえ。あれで女だったらたまんないって、みんな言ってますよ」

お前がいたせいで瑛と話ができなかったんだと怒りたいのをこらえ、竜樹は引っかかった言葉について問いただした。

「みんなって誰だ」

「そりゃ、兄貴のつき添いに来るみんなっス。オレは、ナースの伏野《ふしの》ちゃんが可愛くて巨乳で一押しなんスけど、可愛い系より美人系、ナースの制服より女医がいいってヤツもいるじゃないスか。特に、眼鏡の知的な女医はサイコーって」

「そんな女医、この病院で見たことないぞ。……わかってるだろうが、籠宮先生は男だ」

「そうなんスよ。ここの女医っていまいちなのばかりで、あれなら兄貴の主治医の方が美人だって話になったんス。ヒロなんか、あの先生が女だったらハイヒールで踏まれたいって言ってました。そのあと、立場逆転でしゃぶらせて眼鏡にぶっかけ……」

「馬鹿野郎！」

我慢できなくなって、竜樹は調子に乗って喋るマサルをどなりつけた。

「いい加減にしろ。先生……病院スタッフには絶対手を出すなよ。他の連中にも言っとけ」

「だ、出しませんよ。話のネタにしただけで」

「お前らにはただの冗談でも、相手はこっちを暴力団と思って怖がってるんだ。メルアドを訊くとか一緒にメシに行こうって誘うとか、一般人ならナンパですむことでもヤクザがやれば脅迫になる。俺を強制退院にさせたくなかったら、病院ではおとなしくしてろ」

瑛をネタにした喋りに苛立って叱《しか》りつけはしたものの、だんだん後ろめたくなった。自分がやらかしたのは脅迫どころの騒ぎではない。

石谷にはいつも、『お前ももうチンピラじゃなく幹部の端くれなんだから、落ち着いた重厚なところを見せろ』と説教される。年の割に出世が早く、妬《ねた》まれていることを知っているから、自分でもできる限り重々しく振る舞おうとしてはいる。が、しばしば地金が出る。

瑛に対してしたことは、その典型だ。

「……畜生」

呻いて竜樹はベッドに転がった。その様子を見ていたマサルが、おどおどと尋ねてくる。

「兄貴、機嫌が悪いっスね。やっぱ例の噂のせいですか?」

「噂?」

なんのことだろう。一瞬、瑛との関係が噂になっているのかと思ったが、この萎縮した態度は組関係のことのようだ。問い返すと、マサルが慌てて顔で首を左右に振った。

「あ、いえいえいえ。知らないのならいいんです。なんでもないスから」

怪しい。けれども周囲に口止めされている様子だから、普通に訊いても答えないだろう。竜樹はわざと、小馬鹿にしたようにふんと鼻を鳴らしてみせた。

「馬鹿にするなよ。例の件なら、もう知ってる。お前らが知らないのなら教えることもないと思って、隠してたが……そうか、もうマサルのところまで広まってるか」

「ご存じだったんスか。すいません」

「気にするな。それよりお前のところにはどんなふうに伝わってるんだ？　なんだか、ずいぶん誇張して広めてるヤツもいるらしいからな。気になる」

鎌《カマ》をかけるとマサルは簡単に引っかかり、知る限りの情報を喋ってくれた。ヤクザには向かない、気のいい男だ。

新聞やテレビでも報道されていたが、一週間前、暴力団大東政和会《だいとうせいわかい》の宝田《たからだ》が刺された。政和会は竜樹が属する錦竜興業とは対立関係にある。幹部の宝田は合成麻薬を主に扱っており、竜樹としては組織の対立を割り引いても好意を持てない種類の人間だった。報道によると、女と高台へ夜景を見に行った宝田が、暴力団幹部だと知らないチンピラに喧嘩をふっかけられて刺されたという話だった。傷は肝臓に達しており、宝田は出血多量による意識不明でいまだに集中治療室にいるらしい。

だがおそらくそんな単純な話ではあるまい。

「ガキのデートじゃあるまいし、あの宝田が夜景を見に行くか。取り引きに決まってる」

「そうそう、そうなんスよ。取引現場を襲われて、金とクスリの両方を盗《と》られたって。取引相手はさっさと逃げたけど、宝田は傷が深かったせいで、警察が救急車と一緒に到着するまで動かせなかったって、オレは聞きました」

「俺の聞いた話もそんなところだ。政和会は必死で犯人を探してるだろうが……」

何気なく打った相槌に、マサルが憤慨する表情で言った。

「ひどいっスよね。兄貴は大麻《くさ》から覚醒剤《アイス》まで全部ひっくるめてクスリが嫌いだし、入院中なのに。兄貴がやらせたなんて信じてるヤツらは、どうかしてますよ」

「俺が?」

眉根を寄せて一言呟いたのは、噂をしている連中の馬鹿さ加減にあきれたせいだ。自分が合成麻薬や覚醒剤に手を出さないことは、誰でも知っている。かといって麻薬の取り引きを邪魔して正義の味方を気取るほど、白い手をしているわけでもない。

だがマサルは自分が怒られると思ったらしく、慌てて補足した。

「自分が言ってるんじゃないですよ！　ただ、組の中でそんなふうに言ってるヤツがいるらしいって、吉田《よしだ》が聞き込んで……兄貴、この噂を知ってたんじゃないんですか?」

「俺がやらせたとかいう部分は知らなかったな」

「えぇっ！　知ってるって兄貴が言うから、オレ……!!」

「いいから、もっと詳しく訊かせろ。今更喋らないとは言わないだろうな?」

「オレ、みんなに怒られる……」

「俺に教えたのがお前だってことは、他の連中には黙っておいてやる。言え」

噂はこういう内容らしい。

今の竜樹には金が必要だ。組への上納金はもちろんのこと、自分自身の療養費もかかる。しかし入院中では思うように稼げない。そのため非常手段を取ったのではないか。以前からのクスリ嫌いという評判があるから、麻薬強奪の犯人と疑われる可能性は低い。それを逆手に取り、身内に命じて政和会の取引現場を襲わせた——。

証拠はまったくないが、噂は政和会にも錦竜興業にも広がりつつあるという。何か手を打つ必要があった。

マサルに用事を言いつけて一人になってから、竜樹は石谷に電話をかけた。瑛にからんでいたのは気に入らないが、なんと言っても兄貴分だ。相談する相手は他にいない。

電話はすぐにつながった。竜樹が噂を聞いたと知ると、石谷の口調は重くなった。

「……そうか。入院中のお前に気を揉ませるのはまずいと思って、口止めしていたんだが」

「そんなに噂が広まってるんですか」

「落ち着け。ただの噂だ。誰も信じてるわけじゃない。お前のクスリ嫌いは有名だしな」

「だけど疑う気持ちがなかったら、噂が広まりはしないでしょう。それとも俺がなめられてるのか」

石谷が困ったように溜息をつくのが聞こえた。

「カッカするな。肺癌の治療にストレスは大敵のはずだ。といっても一度知った以上、生殺し状態もかえってつらいか？　親父《おやじ》さんの意向も訊かず勝手に政和会へ喧嘩を売って、金とクスリを横取りしたうえ組にアガリを出さないと思われちゃ、立つ瀬がないだろう」

「当たり前です、俺は絶対にそんな真似……」

「わかってる。だが例の噂は政和会にも流れてるらしいぞ。入院中の宝田はどうもよくないらしいし、仇《かたき》を討って出世しようとお前を狙《ねら》う連中も出てくるはずだ。……体調はどうなんだ。今夜、出られるか？　病院じゃこんな話はできないからな」

「大丈夫です」

「わかった。俺も実は今ちょっと厄介ごとを抱えてて、大っぴらに動けない。メールで場所を送る。十一時に落ち合おう」

電話を切り、竜樹は夜を待つことにした。

病棟回診で医師とナースが来た時にそれとなく訊いてみたところ、辻は今日病欠で勤務を休んでいるという話だ。研修医は、

「風邪で熱が下がらないんだってさ。こっちが熱を出した時には、『点滴で熱を下げてやるから来て働け』って言ったのに……」

とぼやいていた。

本当の風邪ではあるまい。心身のダメージで出てこられないのを取り繕ったのだろうが、辻が休んでいるのは好都合だ。瑛に手を出される心配がないので、安心して動ける。

(俺が人を使って宝田を襲わせたうえ、合成麻薬をかすめ取っただと……ふざけるな)

噂を流した犯人を突き止めて報復しなければならないが、入院中の身では動きが取れない。頼りにできるのは石谷だけだ。

『石谷を信じて大丈夫か』

ふと、瑛の声が耳の底に甦った。脅されたせいか、瑛は石谷に不信感を抱いているらしい。確かに主治医の瑛に尋ねた病状を、自分に訊こうとしなかった点は引っかかるが——。

(話の流れでうっかり忘れたか、癌って言葉を口にしたら俺が落ち込むと思ってわざと言わなかったのかもしれない)

ずっと自分を引き立ててくれた石谷を疑うのは信義にもとる。内心の不安を、竜樹はねじ伏せた。


その夜、瑛はいつもとは違う道に車を走らせていた。

仕事を四時に切り上げ、他院へ腎臓摘出の手伝いに行っていたのだ。

小さい病院の場合、外科医が一人しかおらず、外来診療や病棟業務は大丈夫でも、少し複雑な手術になると人手が足りないということがしばしば起こる。その場合、連携がある病院や医師個人の人脈を頼りに、他院に応援を頼む。

手術がすんだあとで病棟詰所へ電話をかけてみたが、幸い今自分が担当している患者は皆、容態が安定していた。たまには体を休めようと思い、このまま出先から直帰するつもりだった。今までならできる限り病院へ戻っていたが、万一辻が午後からでも出勤してきて、顔を合わせたらと思うと気が重い。

今朝《けさ》も緊張しつつ出勤したところ、幸い辻が休んでいた。午後になって自分の携帯電話に辻からのメールが入った時にはびくっとして、反射的に消去しようとしたが、思いとどまり、おそるおそる読んでみた。『魔が差した』『どうかしていた』『どうか昨日のことは秘密にしてくれ』など、言い訳と泣き言の合間に、『人に言えばそちらも困ったことになるから、言わないとは思うが』という恫喝じみた文が挟まっていたのでいやになり、返信はしていない。

だが辻以上に、瑛の困惑の種になっているのは竜樹だ。

今朝は職業的な態度ですませたが、この先どうすればいいのかわからない。

単純に憎んでいただけの頃はむしろ楽だった。復讐のために医師の倫理を破ってでたらめな死期を告げたことで、竜樹は変わった。その変化を目の当たりにし、罪悪感にさいなまれて瑛自身も変わった。対人恐怖症だった自分が、竜樹にだけは触れられても平気になった。

この感情をどう呼べばいいのだろう。

（馬鹿げている。相手は男でヤクザで、僕を追い込んだ張本人なのに……）

前方の信号は黄色だ。無理に突っきる理由はない。瑛はきっちり一時停止線で停車した。隣の車線に来たタクシーが派手なブレーキ音を響かせ、停止線からはみ出した位置に停《と》まった。荒っぽい運転だ。

同じ車線を走っているのでなくてよかった、さっさと追い越していってほしいと思いながら、瑛はタクシーへ視線を向けた。途端に体がこわばった。

後部座席にいるのはスーツ姿の竜樹だった。

隣の車線に瑛がいることには気づいていないらしい。眉間に縦皺を作り、見えない何かをにらみ据えている。退屈しのぎに外へ出てみたという表情ではない。

（無断外出じゃないか。何をしているんだ、あいつは）

今声をかけたところで、自分を振りきって逃げるか、たとえおとなしく病院へ帰ったとしても、隙を見てまたすぐ外出するだろう。四六時中張りついているわけにはいかない。むしろ竜樹が気づいていないのだから、このまま尾行する方がよさそうだ。

信号が青に変わった。瑛はわざとゆっくり車を発進させ、車線を変えてタクシーの後ろについた。

尾行は初めてだったが、他の車に進路を譲ってタクシーとの距離を開けるなど、気づかれないように努力したのがよかったらしい。三十分ほど走っただろうか、タクシーは工場が建ち並ぶ臨海地区で停まった。

不景気の今は常夜灯さえ点《つ》けていない真っ暗な工場が多い。人気のない道を竜樹は大股に歩いていく。車を降りた瑛は塀や電柱の陰に身を隠しつつ、あとを追った。

(なんのためにこんな場所へ来たんだ？　まさか、自殺……？)

思いつく可能性はそのくらいだ。竜樹が癌と闘う気力を失い自分の命を絶とうとしているのなら、それは自分の責任だ。なんとしても止めなければならない。だが腕力では自分の方が劣る。中途半端なタイミングで声をかけるより、ぎりぎりまで待って竜樹を説得するしかない。瑛は慣れない尾行を続けた。

竜樹が入っていったのは、真っ暗な倉庫の中だった。周囲を見回し、抑えた声で呼びかけている。

「佐上です、来ました。どこですか？　兄貴……？」

瑛は眉をひそめた。竜樹が兄貴と呼ぶ以上、相手はあの石谷だろう。しかしなぜ病院を抜け出し、こんな場所で会おうというのか。よからぬことを企んでいるとしか思えない。

(病人のくせに、犯罪に手を染める気か。なんて奴だ)

所詮ヤクザはヤクザなのだろうか。自殺するのではないかとまで案じた反動で、一気に腹立たしくなった。

自分を辻から助けてくれた時の竜樹は、マンションまで送って、それでも瑛の心中を思いやって何もせずに帰った。自分を力ずくで犯した時とは違ってきていたから、少しは心を入れ替えたのかと思っていた。瑛の勝手な思い込みと言われればそれまでだが、裏切られた気がして悔しい。病院へ帰るよう説得するつもりだったが、いやになった。

竜樹はゆっくりした足取りで倉庫の奥へ踏み込んでいく。放っておいて帰ろうと決めた瑛は、そっと身をひるがえした。

（……？）

視界をよぎった何かが神経に引っかかった。瑛は視線を戻し、違和感の元を探した。

「！」

コンテナの陰に隠れるように、黒っぽいブルゾンの男が立っていた。緊張しきっているのか、顔はこわばって青ざめ、手が細かく震えている。だがその震える手に握られた拳銃《けんじゆう》は、倉庫の奥へと歩く竜樹の背を狙っていた。

狙撃《そげき》に意識を集中しているのか、男は瑛に気づかない。震える指が引き金にかかった。

「……危ない！」

大声で叫びながら、瑛は携帯電話を男に向かって投げつけた。他に、適当な重みのある物が見当たらなかったせいだ。もとより自分の力で当てられるとは思っていない。男の集中力を乱し、竜樹の注意を引ければそれでいい。

携帯電話は鈍い音をたててコンクリート床に落ち、跳ねて、空のドラム缶に当たった。

声と音に気を取られたか、男の体がびくっと跳ねた。

振り返った竜樹は、一瞬で状況を把握したらしい。ジャケットの内側へ手が入り、抜き出される。銃声が響いた。

倒れたのは黒いブルゾンの男だった。拳銃を取り落とし、左脇を押さえてのたうち回る。竜樹が撃つ方がほんのわずかに早かったようだ。瑛は竜樹に駆け寄った。

「大丈夫か⁉」

「先生……いや、俺は大丈夫だ。怪我はない。あんた、こんな場所で何をしてるんだ？　それに、この野郎は……？　とにかくあんたはここにいろ。うかつに近づくな」

竜樹は当惑顔で、駆け寄った瑛と、倒れた男を見比べたが、まずは安全確保が先と判断したらしい。ジャケットの内側から抜き出した小型拳銃を構えたまま、瑛を左手で押しとどめ、油断ない眼差しを向けて男に歩み寄った。

男の怪我は命に関わるものではなかったようだ。肘をついて起き上がろうとしていたが、近づいてくる竜樹を見て固まってしまった。

「動くな。立ち上がったら撃つ。そのまま仰向けで転がっているんだ」

警告のあと、男が落とした拳銃を手が届かない遠くへ蹴飛ばす。三歩の距離を置いて男を見下ろし、改めて胸に狙いをつけた。

「政和会のバッジだな。宝田の子分か舎弟か、荷物を持ってるのを見たことがある。俺を襲う以上、失敗して返り討ちに遭う覚悟はあるだろう」

男の顔から血の気が引いた。

瑛は慌てて竜樹のそばへ走り、銃を持つ手を押さえた。

「冗談はやめろ。だいたい無断外出したうえ拳銃まで持って……何をしてるんだ。病室にこんなものを持ち込んでいたのか」

「怒るポイントがずれてやしないか」

あきれたように言う竜樹の手から、瑛は拳銃を取り上げようとした。自分でも的はずれなことを言っているのはわかっていたが、どう説得すればいいのかわからなかったのだ。とにかく撃たせたくなかった。しかし竜樹は首を振る。

「あんたはこんなものに触るな。護身用に持ってるだけだ」

「日本では、普通の人間は護身用に武器を持ったりしないんだ。もう、やめろ。こんな、馬鹿げた真似……」

渦巻く思いで胸がいっぱいになり、それ以上言葉が出てこない。

それは、簡単に怪我人や死者を作ってしまう暴力行為への、医師としての怒りでもあり、癌という敵との戦いに専念すべき時に銃を手放せない竜樹に向ける哀しみでもあった。

瑛は必死で言葉を重ねた。

「もういいだろう。僕という目撃者もいるし、怪我をしたし、もうこの男は何もできない。

早く病院へ連れていこう」

「甘いな。こいつは俺を殺そうとした。極道には極道らしいけじめのつけ方があるんだ」

「ふざけるな！　何が極道だ、僕に謝ったのはなんだったんだ⁉　少しは人の気持ちがわかるようになったのかと思ったのに、お前は全然変わってない！」

「な、なんであんたが怒るんだ」

竜樹がたじろぐ。なぜこんなにも腹が立つのか、瑛自身にも不思議だった。けれど言葉は止まらない。

「お前が怒らせているんじゃないか！　昨日の夜といい今日といい、何かと言えば殺す殺すと短絡的な……殺したらお前だって刑務所行きは免れない。治療も、僕とのことも、何もかも中途半端なまま放っていく気か？　そんなのは許さない。そんな一方的なやり方は、認めてたまるか……‼」

「僕とのことって……いや、あんた、それって……」

竜樹の頬傷が白っぽく浮き上がるのが、夜目にもわかった。動揺したのか、男に向けていた銃口が揺れた。

その隙を男は見逃さなかった。ばね仕掛けの勢いで飛び起き、出口へと駆け出す。

「野郎！」

「馬鹿、やめろ‼」

竜樹が男の背に銃を向ける。瑛はその腕にしがみつき、撃たせまいとした。

——銃声が響いた。糸の切れた操り人形を思わせるあっけなさで、男のシルエットが崩れ落ちた。

（えっ……？）

竜樹の腕は自分が押さえている。撃てたはずはない。顔を見上げると、竜樹もまた唖然《あぜん》として大きく目を見開いていた。それでも場数を踏んでいるせいか、瑛よりは反応が早い。

「離せ、他に誰か……」

誰かいる、と言いかけたのだろう。竜樹は瑛の腕を振りほどこうとした。だが、

「動くな、佐上」

笑いを含んだ声には聞き覚えがある。ヒットマンが倒れたすぐそばの物陰から、銃を構えた男が姿を現した。竜樹の体がこわばったのが、腕に伝わってきた。

「石谷の兄貴……」

「役に立たない刺客だな。せっかく、宝田の仇を討たせてやると言ったのに、手柄ほしさに抜け駆けしやがったか。たった一人でお前を殺しに来たんじゃ、成功するわけない。……動くなと言っているんだ。右手を少しでも上げたら、俺は撃つ。その医者に怪我をさせたくはないだろう」

ようやく状況を飲み込み、瑛は竜樹の腕を押さえていた手を離した。だがすでに遅かった。

石谷はいやな笑い方をしたあと、瑛に向かって顎をしゃくった。

「こっちへ来い、先生。俺は佐上に比べると銃の腕前は落ちる。この距離で撃ったら、脚を撃つつもりなのに心臓に当たって、殺しちまうかもしれないからな」

「……」

「来いよ。心配するな、言う通りにすれば殺さない」

石谷が急《せ》かす。竜樹が眉間に皺を寄せ、瑛に囁いてきた。

「行くんだ。言う通りにしろ。でないと石谷の兄貴は本当に撃つぞ」

銃の腕前云々《うんぬん》という石谷の言葉が本当かどうか。だがどこに当たるかわからないのはある意味、狙って撃たれるより怖い。自分を脅すはずの銃弾が竜樹に当たるかもしれないのだ。

仕方なく瑛は竜樹のそばを離れ、石谷の方へと歩いた。できるだけゆっくり歩いたけれども、十メートル足らずの距離はすぐに詰まった。

「それでいい。素直な気性は長生きできる」

石谷はすぐそばまで来た瑛の腕をつかみ、引き寄せた。盾にするかのように自分の前に立たせて、首に腕を回す。

「……っ……」

瑛は喘いだ。息が苦しい。喉を締め上げられてはいないが、悪意に満ちた他人の手に押さえ込まれていることが耐えがたい。嫌悪感に血管が収縮し、手足が冷たくなる。

竜樹の顔が歪むのが見えた。瑛を人質に取られて身動きが取れないのか、銃を持った手は下ろしたままだ。

「どういうことですか、兄貴」

「だいたいわかるんじゃないのか。お前の癌は転移こそないが、結構進んでいるそうだな」

瑛は喋らなかったが、他の病院スタッフから竜樹の病状を聞き出したのかもしれない。あるいはつき添い役の組員から治療内容の情報を得て、医療知識のある人間に尋ねれば、ある程度の判断はつく。

「治療には時間がかかるし、副作用が苦しいっていうじゃないか。それでも治るとは限らない。再発や転移や……なあ佐上、ずるずると病院で命をすり減らしていくのは、お前には似合わん。世話になった兄貴分のために、一肌脱いでパッと散るのが極道らしい死に花の咲かせ方だろう?」

「……死に花？　麻薬の横取りを押しつけることがですか」

「にらむな。政和会に一泡吹かせた手柄を、お前に譲ってやったんだ。喜べよ」

「兄貴がやったとわかると、儲けの内から組へ上納金を出さなきゃならないからでしょう。俺の仕業ってことにしておけば、丸取りできる。クスリ関係は扱わないと言ってたのは、でたらめだったんですか」

「昔はそうだったが、この不況に商売を選ぶような贅沢《ぜいたく》は言ってられん。ヤク中は食い物を削ってでも薬を買いたがる。これほど安定した儲け口はないんだ」

　石谷に捕らえられている瑛は、二人の間に何があったのか知らない。ただ、何か麻薬がらみの事件で、石谷が竜樹に濡れ衣を着せたうえで葬ろうとしていることはわかった。県警の平松が言っていた通り、石谷は肺癌にかかった竜樹がもう自分の役には立たないと判断し、切り捨てるつもりだ。

「政和会の取引現場を襲わせたのも、俺が犯人だって噂を流したのも、全部兄貴が……」

「そうだ。お前は本当にいい犬だったんだが、病気になったんじゃしょうがない」

「犬、だと」

「そう。犬だ。まさか本気で、俺がお前を弟分扱いしているとでも思っていたのか？」

「……」

「お前みたいな気性の奴は、多めの褒美をやれば感激して忠実に飼い主に仕える。だから六分四分の兄弟として扱ってやっただけだ。実際、体を張って俺をガードして自分が切られたり、俺の身代わりで自首したり、よく役に立ったじゃないか」

「貴様っ……!!」

「動くな。医者がどうなってもいいのか」

　勝ち誇った口調で竜樹を嘲っていた石谷が、不穏な気配を感じ取ったか、鋭い声で制止して瑛のこめかみに銃口を押しつけた。

竜樹が悔しげに唇を噛み、わずかに上げかけた右腕を下ろすのが見えた。銃を上げて石谷を撃とうとしたものの、先に動きを察知されてしまったらしい。石谷が笑った。

「拳銃を下へ置け。投げるんじゃないぞ、はずみで暴発しないとも限らない。……よし、それでいい。そのまま横へ動いて、銃から離れろ」

言われるまま、竜樹はゆっくり横へ二歩移動した。石谷の銃が瑛のこめかみから外れ、頬から顎へとすべり降りて、腰で止まった。

「……っ！」

息を詰まらせた瑛の股間をズボンの上からぐりぐりと押しながら、石谷は青ざめる竜樹の表情を確かめて、言葉を継いだ。

「こいつとできてるんだな、佐上。さっき二人で喋ってるのを聞いたが、甘ったるくて背中が痒くなった。お前が両刀なのは知ってたが、入院先で医者を食っちまうとは手の早い奴だ。だが極道が堅気に本気になるのはよくないな。弱みを作るだけだ」

「……」

「お前は用済みだ、佐上。政和会の奴と相討ちって形で死んでほしかったが、俺の拳銃で殺したのはまずかった。まあいい、お前は肺癌だ。あいつを撃ち殺したあと、世を儚《はかな》んでこの銃で自殺したように偽装すればごまかせる。組長も幹部会も、勝手に政和会に仕掛けただけじゃなく、儲けを全部懐へ入れた卑怯な奴だと思って、絶縁の方向で動き出した」

「あれは俺じゃない！」

「だが皆はそう思ってる。お前の死体一つでうちの組も政和会も納得して、話が丸くおさまるんだ。……断るなら、先にこの医者を殺す」

竜樹は動かない。瑛も立っているのが精一杯だった。他人に押さえつけられていることへの拒否反応が強すぎて、息が苦しいし、吐き気がこみ上げてくる。ともすれば足の力が抜けて、その場に崩れてしまいそうだ。

この場で楽しげなのは、石谷一人だった。

対人恐怖症のことを知っている竜樹には、瑛が必死で耐えているのがわかったのだろう。裏切られた怒りで心が焼ける気分だろうに、口調を丁寧語に戻して石谷に話しかけた。

「これは俺と兄貴の話です。先生は関係ない、帰らせてやってください。無理に口封じしなくても、ヤクザとできてるって弱みがあるんだから、誰にも喋りゃしません」

竜樹が『できている』と言いきったのは、瑛をここから無事に帰したいという気持ちからだろう。だが石谷がそれを聞き入れるはずもなかった。

「心配するな、殺すようなもったいないことはしない」

「あんた、女専門じゃ……」

「勘違いするな。確かに美人だが、俺は男に興味はない。それより医師免許だ。『先生』にはいろいろ使い道があるんだ。怪我をした身内の手当や、医療保険金を取るための診断書なんかな。それに癌患者の痛み止めにはモルヒネを使うはずだ。横流しのためには勤務医をやめて開業してもらうか。その方が動きやすいだろう」

「クスリに手を出すだけじゃなく、堅気の人間を巻き込もうっていうのか」

「若いくせに頭が固いな、お前は。そんな時代じゃないんだ。……先生、あんたはどうなんだ。先のない佐上にくっついてるより、俺についた方が利口だぞ。開業資金は出してやるし、夜が寂しいのなら佐上の代わりに、生きのいい若い者を何人でも送り込んでやる」

石谷の頭の中では、すでに竜樹を亡き者にし瑛を自分の道具として使う青写真が、描き上がっているらしい。

「佐上に義理立てするな。金は稼げないし、体は弱っていくばかりだし、あいつといても何一つ得はしない。……ヤクザとできちまった時点で、あんたはもう堅気じゃなくなったんだ。俺たちと同じ穴の狢《むじな》なんだよ」

聞いているうちに竜樹の瞳が揺らぎ、唇がかすかに震えるのを、瑛は見た。自分が犯したために瑛に弱みを作り、石谷に目をつけられる結果になったと思ったのかもしれない。いつか病院の屋上で話した時と同じ、目標を見失い虚無感に囚われた者の眼になっていた。

（だめだ。このままじゃあいつは気力を失ってしまう）

今この膠着《こうちゃく》状態を破ることができるのは、自分しかいない。竜樹を助けられるのは、自分しかいないのだ――瑛は懸命に、自分自身にそう言い聞かせた。石谷に気づかれないよう、静かな深呼吸を繰り返す。

深呼吸は、筋緊張を解く役に立つ。徐々に手足に体温が戻ってくる気がした。

膠着状態を破るといっても、喧嘩慣れしていない自分が直接石谷をどうこうすることはできない。隙を作らせるのがせいぜいだ。そのうえで竜樹に反撃してもらうしかない。危険なのは確かだが、このままでは確実に竜樹は殺され、自分は石谷の道具にされる。そのくらいなら、反撃のチャンスに賭《か》けてほしい。

石谷が勝ち誇った声で、とどめを差すように言った。

「最後は潔くしろ、佐上。もうお前が生きている意味はないんだ。……死ねよ」

竜樹の顔が苦しげに歪む。瑛は気力を振り絞って叫んだ。

「ご……ごまかされるな！　竜樹っ‼」

竜樹が大きく目をみはるのが見えた。

瑛が恐怖にすくんで動けないと思い油断しきっていたのだろう。石谷の腕はゆるく首に回っているだけだった。それをはねのけ、瑛は竜樹の方へ走ろうとした。

だが緊張にこわばっていた脚が思うように動かない。

「この野郎！」

石谷の手が瑛の左腕をつかんだ。引き戻されてしまえば、またさっきの状態になるだけだ。自分が盾にされたら竜樹は動きが取れなくなる。

もがいたはずみに、瑛の右手が石谷の喉に当たった。

——遠い記憶が脳裏をよぎった。以前、竜樹に指で押さえられ、いやな痛みに一瞬息を詰まらせた場所は、

(鎖骨の上だ……‼)

身を反転させて向き直り、瑛は石谷の鎖骨の上を、右手で思いきり押した。

鎖骨の上方から喉元にかけて、胸鎖乳突筋という筋肉が走っている。その奥にあるのは総頸動脈と内頸静脈、迷走神経だ。解剖学的な配置は学んでいたが、そこが急所だとは知らなかった。強く圧迫するといやな痛みが走り、一瞬動けなくなると自分に教えたのは、七年前の竜樹だ。

「うあっ⁉」

石谷が呻き、つかんでいた瑛の左腕を離してのけぞった。苦痛に対する反射的な行動だろう。喉元を押さえた手を振り払い、瑛を突き飛ばす。

願い通り、竜樹はその隙を見逃さなかった。地面に置いた拳銃に飛びついた。

見えたのはそこまでだ。突き飛ばされた勢いのまま、瑛は転がって逃げた。

(竜樹……‼)

信じるしかなかった。

銃声が交錯した。二発、三発と響いて、倉庫の空気を震わせる。

体を起こした瑛が見たのは、地面に転がって銃を構えた竜樹と、右肩を押さえた石谷だった。その手に銃はない。肩を撃たれて落としたのか。

「……くそっ！」

人質も武器もない状態では不利と判断したらしい。石谷は身をひるがえして逃げ出した。

「待て！　この下衆野郎‼」

竜樹が跳ね起きる。ずっと心服してきた兄貴分に、飼い犬扱いで使われていて、最後には切り捨てられようとしたのだ。許せるはずもない。

だが呼吸機能の落ちた竜樹の体にとって、石谷を追いかけて走るのは自殺行為だ。

「やめろ！」

瑛はコンテナの陰から飛び出し、竜樹にしがみついた。

逃げる石谷は右肩を押さえていた。指の間から血があふれ出していたのを瑛は見ている。利き腕を負傷したので銃は撃てないだろうが、逃げ足は早かった。竜樹がたとえ石谷に追いついても、酸素消費が激しく呼吸の整わない体では、返り討ちにされるかもしれない。

「うるさい、放せと言って……‼」

「やめろ竜樹、行くな！」

振りほどこうとした竜樹の動きが一瞬止まる。そのことで気がついた。自分が名前を口に出して呼んだのは今夜が初めてだ。医師と患者として接する時には『佐上さん』、個人的にぶつかり合った時は『お前』だった。

けれどさっき、石谷に言い負かされて生きる意志を手放そうとしていた竜樹を見た時、自然とこぼれた呼びかけは『佐上さん』ではなく、『竜樹』だった。

医師が患者に対してではなく、一人の人間としての思いから名を呼んだのだとはっきり自覚しつつ、瑛は言った。

「行くな。あの男のことは警察に任せるんだ。元気そうに見えてもお前は病人だ、今だって息が上がっているじゃないか」

「どうせ十年もつかどうかわからない体だ、だったら石谷と相討ちでいい」

「お前はよくても、僕はよくない！」

瑛はしがみついた腕に一層力をこめた。絶対に離すものかと思った。

「簡単に死ぬなんて許さない。肺癌と戦って戦って死ぬならともかく、ヤクザ同士の争いで命を落とすなんて認めない」

「あんたは俺が憎いんだろう。だったら俺が虫けらみたいに死ねば気分がいいはずだ」

竜樹の声にはさっきまでとは違って、迷いが生じている。それを押しつぶそうとしてなのか、石谷が消えた倉庫の出口を見つめる表情が苦しげだった。

しがみついて引き止める自分は今、どんな顔をしているのだろう。わからない。ただ、胸の思いが言葉になってほとばしり出た。

「簡単に言うな。憎いと一言で片づけられたら、どんなに楽か……お前が……お前のせいで、気がついたらお前のことばかり考えて……‼」

「瑛」

驚きに見開かれた竜樹の瞳に、瑛は視線を合わせた。

今のこの気持ちをどう言えばいいのか、瑛自身にもわからない。『好き』や『愛している』などという言葉では片づかない。今まで手ひどく傷つけられた憎しみや、嘘の告知で竜樹を苦しめたことへの罪悪感や、子供の頃の思い出を知って生まれた共感、助けられたことへの感謝などがない交ぜになって、さらにそれ以外の感情まで混じり込んで――。

「わからない。僕にもわからないんだ。でもお前を、失いたくない」

対人恐怖症の原因を作ったのは竜樹だけれど、回復のきっかけを作ったのも竜樹だ。辻に犯された時には、他の誰でもなく竜樹に助けに来てほしいと願った。抱き起こされ、支えてもらって、その手の力強さに安堵した。

死なせたくない。そばにいたい。

竜樹の喉で、くっと苦しげな音が鳴った。

「癌なんだ。生存率の低さは、あんたの方が詳しく知ってるだろうに」

「ああそうだ、癌だ。気力をなくした人間を生かしておいてくれるほど、癌細胞は甘くないぞ。お前が諦めてどうする。……石谷のことは警察に任せて、お前は治療に専念しろ」

「警察へ密告《たれこ》めってのか。俺が石谷と組んでやった仕事は多い。俺も当然逮捕されるし、組の連中からは裏切り者扱いだ」

「だったら石谷のやりくちはなんだ。お前はずっと忠実に従ってきたのに、裏切られたじゃないか。極道だ、兄弟分だと格好のいいことを言っても、結局利用されただけだ。それでもまだヤクザの世界に執着するなら、お前は馬鹿だ」

「……」

いつのまにか竜樹は、瑛を振り払おうとするのをやめている。

「足を洗っても、俺にはしたいことがない。……何をすればいいかわからない」

呟く声は弱々しい。どうすればいいのかわからなくなって立ちすくんでいるように思え、瑛はしがみつくのをやめて、そっと竜樹の体を抱きしめた。

「僕が一緒に考える。お前が逮捕されて服役したら、出所するまで待っている。警察病院へ異動できないか、調べてみる」

「瑛……」

「死なせない。どこへも行かせるものか。一生かけて僕に償え。僕は僕で、お前に償わなきゃならない。だからずっと、僕と一緒にいるんだ。……竜樹」

もう一度、今度ははっきりと意識して、名を呼んだ。

自分を見つめる竜樹の瞳から、捨て鉢な色が薄れていくのを瑛は見た。代わりににじみ出したのは真摯《しんし》に許しを請う気配だ。いや、もしかしたらそれは、瑛自身の瞳に浮かんだ色が映っているのかもしれなかった。罪を犯し、許しを請い求めているのは自分も同じだ。

竜樹が呟いた。

「わかった。自首しよう」

安堵の思いに、瑛は表情筋がゆるむのを自覚した。笑顔になったかもしれない。竜樹が眩しそうに目を瞬き、横を向いてつけ足す。

「さっき俺は政和会の男を撃ったから傷害罪や銃刀法違反になるが、殺したのは石谷だし、他にも奴の尻尾《しっぽ》を押さえるネタはいくらでも持ってる。大抵は俺も共犯だったし、刑務所行きは免れないだろうが」

「自首なら手心をくわえてもらえるだろう。平松さんと言ったか、あの人なら悪いようにはしないはずだ。電話番号は知っている、石谷が逃亡する前に少しでも早く……」

言いながら瑛は竜樹を抱きしめていた手をほどき、ポケットを探った。だが携帯電話はない。竜樹を刺客が狙っているのに気づいた時、投げたままだ。拾いに行こうとすると、竜樹に手をつかまれ、引き止められた。

「待て。……今晩だけでいい。待ってくれ」

拒絶ではなかった。瑛を見つめる瞳に、懇願の色が浮かんでいる。

警察に自首すれば少なくとも数年は会えなくなる。その前にせめて一晩――竜樹の眼はそう訴えていた。

言葉の必要はなかった。どちらからともなく、唇を重ねた。


二十分後、瑛はモーテルの一室にいた。

倉庫から出たあと竜樹が、自分が運転すると主張したので行き先を任せたら、こういうことになった。モーテルやラブホテルのたぐいに入ったのは生まれて初めてだ。赤と黒の派手な内装や、やたらに広いベッドや、ガラス張りのバスルームが物珍しくて見回していたら、心配そうな声をかけられた。

「やっぱり、いやか?」

口調だけでなく表情も不安そうだ。かつて自分の体を力ずくで犯し、その反応を嘲って心を辱めた男とは思えない。

「いやだと言ったらやめるのか」

「……したいけど、あんたがいやなら仕方ないだろう」

お預けを喰《く》らった犬そっくりの顔を見ては、おかしいのを通り越して可哀相になってくる。

瑛は片手を上げ、そっと竜樹の頬を撫でた。指先で古い傷をなぞる。

「いやなら、車を駐車場へ入れる時点で文句を言っている。余計な気を回すな」

言った途端に、引き寄せられた。感情を抑えきれなくなったのか、竜樹は瑛を抱きしめ、頬ずりし、髪を指でくしけずる。

瑛は目を閉じて口づけを待った。

触れた唇は、前の時と同じで自分よりわずかに熱く、乾いた感触だ。感触を味わっているのか、ついばむような動かし方をしたあと、舌を入れてくる。瑛は自分から歯を割り、迎え入れた。

「ん、んっ……」

侵入してきた舌の熱さに、思わず喘ぎがこぼれる。尖らせた舌先でくすぐるように口蓋《こうがい》を探られると、甘いしびれが脳を直撃し体が震えた。

竜樹は禁煙中のはずだが、まだ日が浅いせいか、かすかな煙草の匂いがした。煙草の匂いは嫌いだ。なのになぜか、今だけは――竜樹だけは受け入れてもいいという気がした。

けれども不意に、慌てたように竜樹の舌が抜けていった。

当惑して目を開けると、顔を離した竜樹がうろたえきった表情で問いかけてくる。

「おい。これで癌は感染《うつ》らないのか？　吐いた痰で癌かどうかを調べただろう。俺の肺癌の細胞があんたの口に移り住んで、癌になったりしないのか」

「今更……お前とキスをしたのは初めてじゃない」

「だけど危険は少ない方がいいだろう。あんたに感染すのはいやだ」

「喀痰と唾液は違うし、癌細胞はウイルスや細菌じゃない。可能性ゼロとは言いきれないけれど、確率はきわめて低い」

そう答えて、今度は瑛の方から唇を重ねた。

互いに舌をからませ、吸う。歯や口蓋を探り、舐め上げる。互いの唾液が溶け合い、息が苦しくなるまで口づけを続けた。

唇が離れた。視線がからんだ。燃えさかる炎のような眼差しで射抜かれて、胸が詰まる。

竜樹はものも言わずに瑛の体をベッドへ押し倒した。

「うわ！　ちょっ……」

足がもつれてバランスを崩し、瑛はうつぶせに倒れ込んだ。そこへ竜樹が遠慮も躊躇もなく覆いかぶさってきた。背後から抱きすくめ、勢いよくネクタイを引き抜く。

「ち、ちょっと待て！　落ち着け、自分で……」

脱ぐ——と言うより早く竜樹は、ボタンがちぎれ飛ぶ勢いでシャツを開き、瑛の胸をはだけさせた。

「落ち着けと言ってる！　拒否してるわけじゃないんだから、ちょっと待……」

「無理だ。あんたがいやがらないのは初めてだから、余裕がない」

言葉通りに息遣いが荒い。

竜樹がうなじに唇を当てる。舐め上げられて、瑛の体がびくっと震えた。けれど今までのような嫌悪感による震えではない。脳に伝わってきた感覚はくすぐったい心地よさだ。

さらに竜樹の左手が、むき出しになった胸肌を探り始めた。

余裕がないという言葉は本当らしい。以前自分を犯した時には、どこをどう触れば反応するかを探り、あるいは焦らすような手つきだった。けれど今は、ただ自分が触れたい場所へ手を伸ばしてくる感じだ。

つうっ、と瑛の胸を撫でた手が乳首をとらえた。

「う……」

強い力でつままれて、瑛の呼吸が一瞬止まる。指の腹でこね回されると、痛みと一緒に甘いむず痒さが広がり、どうしていいのかわからない。乳首が硬く尖るのが自分でもわかった。

その間に竜樹の右手は、瑛の腰へ下りて、ズボンの前を開きにかかっている。

首筋や胸への愛撫だけでも昂っているのに、一番弱い場所を責められたら自分はどうなってしまうのだろう——そんな不安に駆られ、瑛は首をねじって竜樹に懇願した。

「ぁ、はぁ……ま、待って、く……んんっ……」

今まで何度も瑛を抱いてきた竜樹には、反応が嫌悪によるものか、そうでないのか、わかるのかもしれない。喘ぐ瑛を抱きすくめたまま、うなじから耳元まで舐め上げ、耳たぶを甘噛みしてから囁いてきた。

「余裕なんかないって言っただろう」

「……っ！」

言葉のあとに舌で耳孔を犯され、瑛はのけぞった。

乳首や性器ならともかく、耳などという場所を舐められて反応している自分が恥ずかしい。けれど熱く濡れた舌先が動くたび、首筋から背中までぞくぞくする感じが走り抜ける。

「あっ、ぁ、あ……待て、こんな場所っ……」

「耳はいやか？　こっちか？」

瑛が喘いで制止しようとするたびに、竜樹の指や舌や唇が巧みに動いて、眠っていた快感を引きずり出す。ズボンのボタンはとっくに外され、竜樹の手は瑛の下着の中へすべり込んで肉茎の昂り具合を確かめていた。

「……ぁ……」

自分の体が熱を帯びていることを知って、瑛は喘いだ。

以前、竜樹に無理矢理犯された時にも、弄ばれると自分の意志を無視して勃ってしまい、情けなさを味わった。今は、気恥ずかしくてたまらなかった。上半身への愛撫だけで反応している自分が竜樹にはどう見えるだろう、淫乱だと思われないか気になって、居たたまれない。

しかし、

「感じてるんだな、瑛……俺もだ。我慢できない」

竜樹が熱っぽい声で囁く。押しつけられた腰が、衣服を通して熱く硬く昂った牡の存在を伝えてくる。竜樹の興奮を知らされて、瑛自身もますます反応せずにはいられない。

「こっち向いてくれよ。あんたの色っぽい顔が見たいんだ」

押し倒され足をもつれさせてベッドに転がった自分に、向きを変える暇も与えず覆いかぶさってきたのはどこの誰だと思ったが、それを口に出す余裕はなかった。

竜樹の重みが自分の上からどいたかと思うと、くるりと仰向けにされた。

「……赤くなってると色っぽいな。普段『クールな知性派』みたいな顔してるだけに、ぐっと来る」

感嘆口調で言われると恥ずかしくて、目を合わせられない。瑛は固くまぶたを閉じた。竜樹が覆いかぶさり、素肌に唇を這わせてくる。喉を何度も舐め上げられ、瑛は喘いだ。

「は、うっ……なんなんだ、なぜ、喉ばかり……」

「悔しいんだよ。石谷が絞めた痕が、薄赤く残ってる。俺だけ……俺だけでいいんだ。他の奴には指一本触らせたくない」

「そういう意味合いで、触られたわけじゃ……」

石谷は自分を人質にして、腕で首を絞めただけだ。それでも竜樹には許せないらしい。

「どんな意味でもだ。あんたを誰にも触らせたくなかったんだ。あの医者があんたをいたぶってたのを見た時、そう思った。そう、決めてたのに……くそっ」

心底悔しそうに呻いたかと思うと、竜樹は瑛の喉元を吸い上げた。こんな真似をされたらキスマークが残ってしまう。理性が快感に勝ち、瑛は慌てて竜樹の顔を押しのけた。

「ば、馬鹿っ！　こんな場所、襟で隠れない。丸見えになるじゃないか」

「だけど……」

「石谷の腕の痕なんか、僕は気にしない。気にかける価値もない」

それでもまだ竜樹は不満そうな顔をしている。苦笑した瑛は竜樹の頬を撫で、なだめる口調で言った。

「服で隠れる場所なら、何をしてもいいから。……したいようにして、いい」

現金なもので、そう言った途端に竜樹は体をずらし、瑛の胸元へ口づけた。強く吸い上げる。五秒か、十秒か、唇が離れたあとには、くっきりと鮮やかな紅色の斑点ができていた。竜樹の唇が軽く乳首をかすめ、瑛は体を震わせた。

そのまま吸われるのかと思ったら、竜樹はさらに体を下へずらした。鳩尾に、腹に、次々とキスマークをつけていく。

「あっ……ぁ、う……」

「服で隠れる場所なら、いいんだろ？　ここも、ここも……全部、俺のものだ。他の奴には渡さない」

荒い息と言葉の合間に、竜樹は瑛の肌に唇の痕を染めつけていく。

胸から鳩尾までキスの雨を降らせたあと、竜樹は体を起こして瑛のズボンと下着を取り去った。ソックスまでも脱がされる。さらに左右の膝を開かされ、折り曲げられた。

目を閉じていても、竜樹の体がその間に割り込む形になったのが気配でわかる。

「……ふぁっ⁉」

変な声が出たのは、足の指に熱く濡れたものが触れたせいだ。やわらかい肉が指の股をなぞる。すっぽりと指先を含んで吸われる。まさかこんな場所を口にくわえてしゃぶられるとは思ってもいなかった。

「ば、馬鹿！　足の指なんか、汚いっ……」

制止しようとして瑛は目を開けた。その途端に、今まで気づいていなかった物が目に入り、悲鳴に近い声がこぼれた。

「な……‼　なんだ、これは！」

ベッドに突き倒されたあと、うつぶせになっていたり目を閉じていたり、竜樹の顔に視線を向けていたりで、今までまったく気づかなかった。

部屋の天井は鏡張りだ。

自分は前がはだけたシャツ一枚を身にまとっただけで、下半身には何も着けず、おまけに左右の膝を深く曲げて脚を左右に広げていた。そのため隠すべき場所がすべてあらわになって、くっきりと映っている。

顔が燃え上がるように熱くなった。慌てて腰をひねり、昂りだけでも鏡に映すまいとしたが、竜樹に脚をつかまれているためにうまくいかない。

「なんなんだ、この部屋は⁉　趣味の悪い……放せ、放せったら！　映るだろう、放せ！」

「映るって……ああ。もしかしてあんた、天井鏡は初めてか？　うわ、ヤバイ。顔中真っ赤にして、可愛すぎる」

「三十男に向かって言うことか！　いいから手をどけろ！」

「誰が放すか、こんなおいしい反応を見せられて」

「ば、馬鹿っ！　放せ、せめて明かりを消……ひぁっ⁉」

再び足指をくわえられたうえ、膝の裏をくすぐるように撫でられて、言葉は情けない悲鳴に変わってしまう。

「暗くしたらあんたのいい顔が見えないだろう。これから何年もこういうことができなくなるのに、しっかり覚えさせてくれよ」

そう言われると弱い。竜樹は自分の説得に従い、裏切り者と非難されるのを承知で、暴力団から足を洗って自首する覚悟を決めたのだ。恥ずかしい程度のことは我慢して、要望を聞き入れるべきという気がする。

「それともやっぱり、俺とヤるのはいやか？」

「お前が、いやとは言ってない。ただ、鏡は……」

「俺に天井は見えない。あんたが目をつぶって鏡を見なけりゃ、ないのと同じだ。……いや、これを外せばいいんだ」

竜樹は押さえていた瑛の片脚を放し、まだかけたままだった眼鏡を取り上げた。ナイトテーブルに置いたついでに、載っていた小さなボトルを手に取る。

品名は見えなかったが、キャップを外しつつ瑛の脚の間へ楽しげな視線を注ぐ竜樹を見れば、潤滑剤だろうと見当がつく。後孔を濡らしてほぐす行為そのものより、その時に自分がどんな顔をするのかを想像すると、恥ずかしくて居たたまれない。

瑛は固く目を閉じた。

「ふ、ぅっ……‼」

薄く敏感な皮膚の上へ垂らされた液体は、とろみを帯びて少し冷たく、食いしばった歯の間から喘ぎが漏れる。

さらに竜樹の指が後孔へ触れてきた。ローションを塗り広げる。体を二つ折りにした姿勢の苦しさよりも、皮膚と粘膜の境界を探り、撫で回す指が瑛をさいなんだ。後孔の襞を一本ずつ広げて液体を塗り込まれていくようで、どうにもむず痒く、くすぐったい。自然に甘い吐息がこぼれ、体がくねった。

「もう、いいよな？」

わざわざ尋ねたのは瑛の羞恥を煽る目的だろうか。竜樹の指が窄まりの中心にあてがわれ

——入り込んだ。

「……っ！」

瑛の背中がしなった。シーツをつかんだ指は、力を入れすぎて布越しに掌へ食い込んだ。中でうごめく指の感触。ローションまみれの指が侵入する瞬間に鼓膜を打った、つぷっという小さな、けれどとても淫靡な音。腿にかかる竜樹の熱く荒い息。何もかもがとても淫らで、心地よい。

指はすぐに、瑛の一番感じやすいしこりを探り当てた。

「はぅんっ……‼」

軽く押されただけで、自分でも耳を覆いたくなるほど甘い声がこぼれる。途端に指はすうっと抜けていった。

物足りないと感じたあと、そう感じた自分に気づいて恥ずかしさに身をよじる。その瞬間を狙ったかのように、たっぷりとローションを乗せた指が再び侵入してきて、前立腺を押す。焦らされているとわかっていても、どうにもできない。

「んっ……そこ、は……あ、ぁあっ！　もう、無理……ぁあ！」

悲鳴ではなく、完全によがり声だと自分でもわかる。声の合間に混じる、ぐちゅぐちゅという音が、なお一層瑛を昂らせ、理性を突き崩していく。

ずっ、と指が抜けた。

高々と上げていた両脚を抱え直される。ほぐされた肉の穴に熱い猛りをあてがわれたのを知り、瑛の体が震えた。

「く……‼」

一気に貫かれた。

熱い。信じられないほど熱い。そして——心地よい。

後孔の粘膜は今にも裂けそうなほど引きつっているのに、その痛みがむしろ甘い。

「すごいな……あんたが、こんなエロい顔をするなんて思わなかった」

荒い息の合間に竜樹が囁いてくる。声とともに肌をくすぐる吐息の感触さえもが、たまらなく心地よくて、身をよじらずにはいられない。

「い、言う、な……そんなんじゃ、な……ひぁっ！」

エロいという言葉が恥ずかしすぎて、懸命に否定しようとしたが、言葉は途切れて悲鳴に変わった。

竜樹が一段深く押し入ってきたせいだ。張った鰓の部分が前立腺をこすった。

「あっ、あ、ぁあ！　やっ……な、何……こん、な……‼」

瑛の背がそりかえった。指で押された時以上に強い電流が、背筋を駆け上がって脳を直撃する。竜樹のうわずった声が聞こえた。

「くそ……油断したら、こっちが先にイっちまいそうだ。なんなんだ、あんたの体は」

「知るか、そんなこと……あぁう！　待て、そこは……ひ、ぁあ！　くぅっ‼」

容赦なく突き上げて瑛に悲鳴をあげさせながら、竜樹が荒い息をこぼして言う。

「入り口はきつきつなのに、中は、とろけそうにやわらかい。……こんなに気持ちいいの、初めてだ。畜生」

「何が初めてだ……今まで何度も、したくせにっ……」

「仕方ないだろ、本当なんだから……」

心を通い合わせたことが、感覚にまで作用するのだろうか。瑛もまた今までとは比べものにならない快感を味わっていた。

以前、竜樹に力ずくで犯され、前立腺を責められて達してしまったことがあった。あの時は体からの快感だけで、気持ちは冷えきっていた。だが今は違う。肉体的な感覚ではなく、自分が竜樹に貫かれている——一つにつながっていると思うだけで、体が熱くなる。

自分の体はどうなってしまったのだろう。前立腺をこすられるたび、脳の中が白く発光し、根元まで深々と突き立てられると意識がとろけてしまうようだ。気持ちよくて、どうにもならない。

竜樹は前立腺の裏を抉り、粘膜をかき回すように瑛を責める。さらに脚をつかまえていた手を片方離して、瑛の昂りを握り込んだ。

「……っ⁉」

瑛の呼吸が一瞬止まる。竜樹は荒々しく腰を突き上げながら、瑛をしごき立てた。

「全部だ。あんたの気持ちいいところを全部、俺によこせ。俺のものだ」

「ま……待って、くれっ……く、はぅう！　り、両方、そんなにされた、ら……‼」

前と後ろから同時に伝わってくる快感に、のけぞる瑛の首ががくがくと揺れた。熱く猛々しい牡が自分の中で暴れ回り、前に回した竜樹の手は昂った肉茎をさらにたぎらせるように、しごき上げる。

竜樹と触れ合っている場所すべてが、快感を脳へ伝えてくる。濡れた粘膜がこすれ合う淫らな音が鼓膜を打つ。気持ちよすぎて腰が溶けそうだ。涙がにじむ。

「あっ、ぁ、あっ、もう……も、無理……出るっ……」

「わかってる、瑛……もう少しっ……‼」

呻くように言い、竜樹が突き上げを一層速める。瑛の昂りを握る指の締めつけを強めたのは、二人同時に射精するためだろう。

いきたいのにいかせてもらえない焦燥に耐え、瑛はまぶたを開けた。

涙で霞む視界に、竜樹の顔が映る。今まで、恐れ、憎しみ、戸惑いなど、さまざまな感情を抱いて見つめた。今は確執のすべてを乗り越えて——愛おしい。

やがて、竜樹が深々と根元まで突き入れてきた。

「……っ！」

竜樹の、言葉にならない低い呻き声が聞こえる。瑛の体内に熱い液体が広がるのと同時に、瑛の昂りを押さえていた指がゆるむ。

「あ、あぁ……竜樹……たつ、き……‼」

竜樹の牡がまだ、自分の中にびゅくびゅくと精を吐き出し続けるのを感じながら、瑛は達した。

大きな息を吐き、竜樹が上体の力を抜いて覆いかぶさってきた。重みと体温が心地よい。瑛はシーツを握りしめていた手を放し、竜樹の背に回した。指に伝わってきた感触は、普通の皮膚とは違う。刺青が入った部分は地の皮膚に比べるとざらついて、ひんやりと冷たい。

瑛は視線を天井へ動かした。

自分の顔と竜樹の背中が映っている。

ほてって血の色が差した竜樹の肌に桜の花が舞い散り、その中を竜がはるかな高みを目指して昇っていく。眼鏡を外しているためにぼやけて見える分、幻想的で美しい。初めて見た時は自慢げな竜樹に対して無関心なふりを装ったが、内心では生きた絵画の美しさに目をみはった。今見る昇り竜は、肌を濡らす汗に鱗《うろこ》がきらめくようで、さらに綺麗だ。

(でも……竜樹は死なせない)

桜が散ろうが、竜が天に昇ろうが、竜樹は地上に留《とど》まらせる。死なせてたまるものか――

その思いを胸に。瑛は竜樹の背に腕を回し、強く抱きしめた。

竜樹が顔を上げ、囁く。

「なあ。足りない」

気づけば、瑛を深々と貫いたままの牡が、荒々しく脈打ち、熱さを取り戻している。むしろさっき以上に充溢感《じゅういつかん》が強い。

「もう一回。な?」

甘える眼と口調でねだっておいて、竜樹は唇を重ねてきた。

いい年をしてこの馬鹿——と叱りつけたいが、口を塞がれたので声は出ない。それに顔が重なる直前、竜樹の唇が『好きだ』という形に動いたのが見えた。

(僕は……竜樹を好きなんだろうか)

まだ、わからない。気持ちは混乱していて、はっきりと言葉にすることができない。けれど失いたくないのは確かだ。

侵入してきた竜樹の舌に、瑛は自分から舌をからめた。背に回す腕に力を込める。

——熱く荒い息遣いと、濡れた肉のぶつかり合う音は、一晩中続いていた。


ちらつく雪が、フロントグラスに落ちては溶ける。

道路の端に止めたセダンの運転席で、瑛は刑務所の門が開くのを待っていた。今日は竜樹が出所する日だ。

あの事件から六年が過ぎていた。

竜樹は警察に自首し、警察病院に転院して癌を治療するかたわら、事情聴取を受けたようだ。足を洗う覚悟を決めていたので、石谷が政和会の刺客を射殺したことや、取引現場を襲って麻薬を奪ったことだけでなく、風俗営業法違反から銃刀法違反、恐喝や暴行まで含めて洗いざらい喋った。石谷は逮捕され、捜査は錦竜興業の上層部まで及んだ。

もちろん竜樹自身にも暴力団員として行った犯罪が多数ある。自首したからといって無罪というわけにはいかず、裁判を経て懲役刑が確定した。

瑛は病院に辞表を出した。

警察病院への異動はできなかったので、故郷へ帰った。

以前から瑛のもとには、町立病院の院長から転勤を誘う手紙が届いていた。瑛が特に見込まれたわけではなく、出身高校の卒業生名簿を頼りに医学部進学者を探し、一面識もない相手に片っ端から手紙を送っていたようだ。それだけ地方の医師不足は深刻だった。常勤の外科医は瑛一人だけで、定年退職したあとの老医が非常勤を務めるという、小規模診療しかできない病院だ。忙しくはあったが気持ちが吹っきれた分、かえって働きやすかった。

対人恐怖症はまだ残っている。それでも少しずつ克服して、初対面の相手でなければ肩を叩かれたり腕をつかまれたりしても大丈夫になった。

竜樹とは手紙をやり取りしていた。親族以外の面会は許されないため、刑務所へ会いに行ったことはない。

出所の日を知らされてから、有給休暇を願い出て、外来には何月何日は休みという掲示を貼った。休暇の直前には手術を入れないようにし、看護師に『緊急時には携帯電話に連絡を入れてくれればいいが、遠隔地に行っているので指示はできてもすぐには駆けつけられない』と伝えた。入院患者については非常勤の老外科医に頼んである。

それだけの準備をしてでも、迎えに行きたかった。出所した竜樹を一人で列車に乗せて自分のいる土地へ呼びつけるような真似はしたくなかった。

(……妙なところで自棄になりやすいからな、あいつ。迎えに行かなかったら、自分は邪魔なのかと気を回して姿をくらますかもしれない)

服役中にやり取りした手紙でも『自分がいては、迷惑をかけるかもしれない』など、それを匂わせる言葉がしばしば文中に現れた。

竜樹が一番心配していたのは、自分が服役している間に、瑛が組からの報復を受けることだ。けれども石谷の逮捕で組の体制は大きく崩れた。そこへ警察の手入れと政和会の報復攻撃を受け、錦竜興業は解散に追い込まれたらしい。不況の中で組員はそれぞれの落ち着き先を探すのに手一杯となり、病院を辞めて遠い故郷へ引っ込んだ医師に構っている暇などなかったようだ。瑛の身辺は落ち着いたものだった。

どのくらいの時間、待っただろうか。

門が開いて、背の高い男が出てきた。服役中に痩《や》せたのか、黒っぽいスーツが少しだぶついていた。送り出した刑務官たちに頭を下げて挨拶しているようだ。

瑛は運転席から出た。車のドアを開閉する音が聞こえたのか、男がこちらを向く。

竜樹の視線が自分を捉えたのを確認し、瑛は刑務官たちに向かって軽く会釈した。もう一度刑務官に頭を下げてから、竜樹はこちらへ歩いてきた。二歩前で立ち止まり、目をみはってまじまじと瑛を眺める。

「あんた……変わらないな」

「そんなわけがあるか。六年たったんだぞ。仕事が忙しいし、前より老けたはずだ」

「いや、でも……まあ、言われてみればサイドに若白髪が出てきたか。だけどメッシュを入れたみたいで、色気が増して見える」

「馬鹿。くだらないことを言ってないで、さっさと乗れ」

瑛は冷たく言い、それ以上相手にならずに運転席へ戻った。竜樹が「素っ気ない」とぼやいて、助手席に乗り込む。

その横顔を見やり、自分の外見が変わらないと言ったのは、竜樹の心情からすると無理ないかもしれないと思った。竜樹は変わった。痩せて頬がそげたうえに髪を短く刈っているせいで、年齢よりもずっと老け込んで見える。

（でも生きている。それで充分だ）

　車を発進させながら、瑛は言った。

「電車は乗り継ぎが面倒だから、車で来た。六年ハンドルを握っていなかった奴には任せられないから、僕がずっと運転する。途中で食事兼休憩を取るけれど、高速のサービスエリアでいいいな？　それとも、出所したら一番にこれが食べたかったとかの希望はあるか？」

「食いたいものといえば、そりゃ……」

「くだらないことを言ったら車から放り出す。長い運転で疲れているんだ、冗談を聞く余裕はないぞ」

　変わったのは外見だけらしい。瑛は先手を打って牽制《けんせい》した。

　横目で見やると、竜樹はがっかり顔で溜息をついている。不自由な服役を終えて出てきたばかりなのに、ちょっと可哀相だったろうか。甘やかすとつけ上がりそうなので素っ気ない態度を取ったけれど、あまり冷たくすると今度はいじけるかもしれない。現に、問いかけてきた竜樹の口調は遠慮がちだった。

「よかったのか？　迎えに来てもらって……病院の仕事、忙しいんだろう」

「休暇を取った」

　短く答えたあと、瑛は自分の照れを取り除くために咳払《せきばら》いをして、つけ足した。

「恋人を迎えに行くからと言ってある」

「！」

竜樹が目をみはる。次にどういう行動に出てくるかわからないので、瑛は静かにブレーキを踏み、車を路肩に寄せて停めた。

「田舎で働く独身の医師にはたくさん縁談が持ち込まれるんだ。いちいち断るのも面倒だから早いうちに、同性の恋人がいるとカミングアウトした。おかげで楽になった」

恋人、とはっきり口に出すのは初めてだった。

竜樹が自首する前の夜、激しく抱き合った。けれどその時はまだ、浄化しきれない憎しみや怒り、あるいは共感、哀しみなど、さまざまな感情が渦巻いて、いったい自分が竜樹をどう思っているのか、答えが出せなかった。

六年かけてゆっくりと考えた。

竜樹を失いたくない。もう一度この腕に抱きしめたい。とても大切だ——そう思った。今目の前に本人を置いても、ずっと考え続けて出した答えは揺るがない。思い出を美化したわけではなく、愛している。

「い、いいのか、あんた……田舎ほど、人の噂ってのはうるさいもんだろう。しかも俺が一緒に住んだとして、前科持ちだって知れたらますます面倒なことにならないか。俺のことはどうでもいいんだ、でもあんたの評判が」

「技術職の強みだ。オフィシャルな面、つまり医師としての仕事はきちんとこなしている。

プライベートな部分に口出しはさせない」

「強ぇ……いや、あんたはそういう人だった。いざとなると俺よりずっと強かったっけ」

うろたえきっていた竜樹が口調を賛嘆に変えて呻き、天井を仰ぐ。瑛は声音をやわらかく変えて、笑いかけた。

「言い忘れていた。……おかえり」

竜樹が驚いたように瞬《まばた》きをした。頬が紅潮すると古傷が白く浮き上がるのは昔のままだ。生唾を飲む音をさせたあと、瑛の腕に手をかける。

「やっぱり、飯よりもまず、あんたを食いたい。一番好きなものは一番先にほしい。な?」

「あとだ。道端だぞ」

「じゃ、せめて味見だけ」

竜樹が覆いかぶさるように身を寄せてくる。『馬鹿』と叱ろうか、『キスだけだからな』と釘を刺そうか迷ったあげく、

「……好きだ」

小さな小さな声で囁いて目を閉じ、瑛は竜樹の口づけを受け入れた。

あとがき

こんにちは。矢城米花です。読んでくださってどうもありがとうございます。

以前、アラブ物を書いたあと、花嫁物のプロットを出した時の打ち合わせで、担当さんが冗談紛れに、

「アラブに花嫁って、矢城さん、ＢＬの定番を制覇するつもりですか」

と言いました。

それも面白いと思い、考えていくうちにできあがったのがこの話です。最初はニヒルで無口な幹部を攻にするつもりが、話を練っているうちになぜか口数が多くなり、行動は短絡的になり、だんだんチンピラくさくなってしまいました。受の性格との対比で、自然にこうなったのかもしれません。

受は静かなクール系です。眼鏡で白衣で、私はどちらも大変好きです。

時間とともに、萌えの方向性が変化したりするんでしょうか。

以前、私の萌えポイントは眼鏡、触手（スライムを含む）、関西弁でした。ところが徐々に関西弁萌えが影をひそめ、その分、触手萌えが勢力を増し、白衣や軍服といった大人の制服に対する萌えが台頭してきました。

今は二回に一回の割りで眼鏡キャラが出てきてほしいです。受攻は問いません。そして、三回に一回は触手、四回に一回制服があれば嬉しいなと思っています。もちろん、それ以外に鬼畜凌辱要素を含むのは基本です。大前提です。

しかしこんなふうに萌え方向が変化するなら、もしかして将来的には鬼畜凌辱系から、ハートフルほのぼの系に移行する可能性も……いや、無理。多分ない。

キャララフに小さく描かれていたちび竜樹。矢城先生のリクエストであとがきに登場です。椎名先生、ありがとうございました♡

椎名秋乃先生、知性あふれる眼鏡美人の瑛と、派手な刺青を背負った竜樹、そしてちびキャラをありがとうございました。関係者だけで楽しむのは惜しいと思い、おねだりしてしまいましたが、快く承諾してくださってとても嬉しいです。そして担当S様をはじめ、この本の刊行にご尽力いただいたすべての方に、厚くお礼申し上げます。

何よりもこの本を読んでくださった皆様に、深く感謝いたします。

またお目にかかれることを心から願っています。

矢城米花　拝

矢城米花先生、椎名秋乃先生へのお便り、
本作品に関するご意見、ご感想などは
〒101-8405
東京都千代田区三崎町2-18-11
二見書房　シャレード文庫
「地上の竜と汚辱の白衣」係まで。

本作品は書き下ろしです

CHARADE BUNKO

地上《ちじょう》の竜《りゅう》と汚辱《おじょく》の白衣《はくい》

【著者】矢城米花《やしろよねか》

【発行所】株式会社二見書房
東京都千代田区三崎町2-18-11
電話　03（3515）2311［営業］
　　　03（3515）2314［編集］
振替　00170-4-2639
【印刷】株式会社堀内印刷所
【製本】ナショナル製本協同組合

落丁・乱丁本はお取り替えいたします。
定価は、カバーに表示してあります。

ISBN978-4-576-09137-2

http://charade.futami.co.jp/